S 私の彼氏は
先輩!!

JN324136

目次 Contents

- ある日の出会いがすべての始まり…。 ···· 6
- 人生史上最悪な先輩 ················· 13
- 入部命令!! ························ 23
- 夏休み前の最悪な出来事 ············· 36
- 遥をプロデュース。 ················· 55
- 2学期−突然の転校生− ·············· 71
- 中嶋君。 ·························· 87
- 中嶋君。2 ························· 95

My Boyfriend is S-senpai!!

WRITTEN BY
KURUMI

体育祭	111
体育祭2	120
体育祭3	133
初めての《クリスマス・イヴ》	151
初めての《クリスマス・イヴ》2	167
新年の再会	202
新学期	214
三月のBirthday	231
運命の糸	248
あとがき	278

人物紹介

高嶋 遥
たかしま はるか

高校一年生。容姿は平凡、
身長、体重も平均的な女の子。
特技は裁縫で、趣味はマスコット作り。
高校に入ってからは恋をしていない。

Takashima Haruka

The Characters

Saitou Mitsuki

斎藤三月
さいとう みつき

容姿端麗、成績優秀、
バスケ部のエースで学校中の有名人。
女の子にもすぐ手を出すという
うわさだけど…。

My Boyfriend is S-senpai!!!

桜井美和 Sakurai Miwa
遥の幼なじみで親友。
仲のいい彼氏がいる。

高崎賢太 Takasaki Kenta
美和の彼氏。

遠田さおり Onda Saori
三月の幼なじみで
バスケ部の
マネージャー。

中嶋悠也 Nakajima Yuya
転校生。三月に恋の
ライバル宣言をする。

ある日の出会いがすべての始まり…。

初夏―…。
高校に入学して早2か月半。
衣替えして2週間がたった。
私、高嶋遥（たかしまはるか）。4月で16歳になった。
容姿はいたって平凡。
身長も体重も平均的。
とくに勉強が得意ってわけじゃなくてもちろん運動も得意ってわけじゃない。
唯一の得意分野と言ったらお裁縫（さいほう）。
そんな私なだけに、恋愛だって平凡にしてきた。
好きな人もいたし、1回だけだけど…
お付き合いだってしたことある。
中2のクラス替えからずっとずっと大好きで…
中2のバレンタインの日。
思い切って告白してOKもらえて…
1年近く付き合って高校には別々に進学ってことで自然消滅…
1年付き合ってもなにもなくて…
あっ…
ただ一度、二人でデートで行った夏祭り。
そのとき一度だけ手を繋（つな）いだんだっけ。

本当、甘酸っぱい私の初恋で私にとって初めての彼氏。
まだ新しい恋には踏み出せずにいるけど、またあの時のような気持ちで恋したいな。
人を好きになってすっごく幸せな気持ちになれた、あの恋のように。

昼休み。
図書室―…
私は図書委員で昼休みと放課後、週に２回はここにいる。
今日もいつものように図書室のカウンターに座っていた。
うちの学校の図書室は３階の別館の一番端っこにあって、正直あまり図書室を利用する人はいない。
だけど私は昔から本が大好きで、図書室にはたくさんの本があって、私はここが大のお気に入りだった。
「遥〜この本はどこにあったんだっけ？」
「それは…右から４列目の２段目だよ」
「ありがと〜。…それにしてもよく本の場所覚えてるね」
この子は桜井美和。通称みわちゃん。
小学校からの付き合いで私の大切な大切な親友。
みわちゃんがいなかったら今までたくさんあった色々なことを乗り越えてこれなかったと思う。
みわちゃんは私とは違ってとってもきれいで美人で…
そしてそんなみわちゃんにはもちろん素敵な彼氏がいる。
中学３年から付き合ってて実は同じ高校。
私はそんな二人と身近にいつもいて、いつも羨ましいと思ってる。
私は…高校進学で消滅してしまったから。

みわちゃんの彼氏は、高崎賢太。通称ケン君。
高校入ってから三人でいることが増えた気がする。
「遥〜終わったよ！」
「ありがと。いつもごめんね。みわちゃん図書委員じゃないのに…」
「全然だよ！　遥いないのに教室にいても仕方ないし。それにここはエアコンきいてて涼しいしね」
「あはは！　そうだね」
みわちゃんといると、本当にいつも居心地がよくて幸せな気持ちになる。
———………
—……

昼休みも終わり私とみわちゃんは教室へと向かった。
「あっ！　遥、悪いんだけど今日の放課後ケンと映画行く約束しちゃって！　…それで一緒に図書室行けないんだけど大丈夫かな？」
「全然平気だよ！　デート楽しんで来てね」
「ゴメンね。今度は遥も一緒に行こうね！」
「うん！」
みわちゃんのこんな気遣いがいつも嬉しいんだよね。
時間はあっという間に過ぎ、放課後。
みわちゃんとケン君と別れて私は一人図書室に向かった。
手には裁縫道具を持って。
最近、マスコット作りにハマってた。
だけど教室ではやる勇気がなくて。

やっぱり他人の目が気になる。

放課後は全く図書室には人が来ないから、たまに一人の時はこっそり持っていって作ってる。
…ガラッ。
図書室に入るとやっぱり誰もいなかった。
「良かった」
私は席に座り、作りかけのマスコットを作り始めた。
しばらくすると、外の運動部の練習が始まったのか窓の外から声が聞こえてきた。
私は週に２回、放課後に過ごすこの図書室での時間がとても好きだった。
それにしても、窓から入ってくる風が気持ちいい。
おかげで単純な裁縫作業をしていたためか、眠くなってきてしまった。
「ンッ…眠くなってきちゃったなぁ…」
睡魔にはやっぱり勝つことができないなぁ…
「ちょっとだけならいいよね…」
机に伏せて少しするといつの間にか深い眠りについてしまった。
――――――……………
――――……………

目が覚め、ふと外を見ると薄暗くなっていた。
「しまった！　寝すぎちゃった！」
時計を見ると、６時半を回っていた。
「やばいっ！」
私は急いで荷物をまとめ図書室を後にした。

「やっばいなぁ―…お母さん心配してるかなぁ」
私は早く帰ろうといつもより早めに走った。
階段にさしかかった時、あまりにも急いでいたため、足がもつれてしまい、私は階段から落ちてしまった。
「…キャッ！」
落ちるときはまるでスローモーションのように階段の景色が隅々(すみずみ)まで見えた。
そして、視界に入ってきたのは、背の高い男子生徒。
やっ…ヤバイ！　ぶつかるっ！
私の叫び声に気付いた男子生徒は、とっさに私のことを抱き留めてくれた。
落ちた時、思わず目をつぶってしまった。
…ドサッ！
あれ…痛くない…？
そっと目を開けると目の前は、男子生徒の胸元。しばし放心状態の私。
「いってぇ―…」
頭上から聞こえてきた声に私は我に返った。
この声の主が助けてくれたのだろうと分かり、急いで起き上がった。
「ごっ…ごめんなさい！」
すぐに立ち上がり、頭を下げる。
「ってぇなぁ…」
その男子生徒もゆっくり立ち上がった。
恐る恐る顔をあげてみると…
目線の先は制服のネクタイ？
さらに目線をあげ首を上にあげてやっとその人の顔が見えた。

姿が、視界に入った瞬間私の胸は一気に高鳴ってしまった。
その人はものすごく怒ってる顔だけど、身長はかなり高いし、顔はものすごく小さい。
目はキリッとした二重で鼻もスッキリしていて高い。
口だって…
なんか世の中の男の子がこうでありたいっ!!
っていう集大成みたい。
「おいっ!　お前あぶねーだろ!　階段から落ちてくる奴(やつ)なんて初めて見たぜ」
彼の声にハッと我に返った。
「ほっ…ほんっとうにスミマセンでした!」
私はまた深々と頭を下げた。
「まぁ〜いいよ」
その言葉に私はホッとひと安心し、そして頭を上げ、
「本当にごめん――…」
そう言いかけた瞬間!
いきなり顎(あご)をグイッと持ち上げられキスされてしまった。
突然すぎてなにがなんだか分からなくなって、それに初めての唇の感覚にただびっくりした。
少しして唇が離れると、その人は目を真ん丸くしている私を見てニッコリ笑い、
「お前ラッキーな女だったな!　この俺に抱き留められただけじゃなく、さらにキスまでしてもらえて。ありがたく思えよ!」
その言葉に私は我に返った。

バシッッ!!!!
その瞬間、とっさにその人の頬を思いっきり叩(たた)いていた。

「いっ…いきなり何するんですか！」
私の突然の行動にその人も怒りを顕にした。
「てっめぇー…俺はなぁ！　ここまでしてやって殴られたのは初めてだぜ！　お前、俺が誰だかわかんねーのか⁉」
むっかぁ～！
その言葉に私はまた怒りがこみあげてきた。
「何考えてるんですか⁉　いきなりキスされて…喜ぶ人がどこにいるって言うんですか！」
「おめー以外の女ならみんな喜ぶね！」
……!!
バシッッ!!!
あまりにひどい言葉にまた叩いてしまった。
「っ！　てめーいいかげんに…っ！
そして、いつの間にか私の目からは涙が溢れてきてしまった。
「初めてだったのにっ…」
初めては好きな人とって決めてたのに…
「えっ…？」
私は居たたまれなくなってその場を立ち去った。
「あっ…おいっっ!!」
ありえないよ…
初めてのキスがあんな人となんて…
しかもなによあの言い方…
これが、
私と先輩の史上最悪な出会いでした。
まさかこれが運命の出会いだったなんて
この時の私にはそんなこと全く考えられなかった

人生史上最悪な先輩

あの後、真っ直ぐ家には帰れるはずもなく、みわちゃん家に寄った。
ちょうどケン君もいたけど、聞いてほしくて放課後の出来事を話していた。
「マジ!?　そりゃ遥、大災難だったね」
私は黙ったまま頷いた。
「なぁ、その遥ちゃんが会った奴って斎藤先輩なんじゃねぇの?」
「うっそ!　遥!　本当に斎藤先輩だったの?」
「えっ…さっ斎藤先輩?　誰それ?」
「…ぇぇ～!!　遥、斎藤先輩知らないの!?」
みわちゃんの興奮した言葉にちょっとびっくりした。
「うっ…うん」
「マジで遥ちゃん知らないの?」
ケン君も少し驚いてるようだ。
「いい!?　遥!　よく聞いて!」
「うっ、うんっ…」
「斎藤先輩って言ったらっっもぉ～ここらへんではかなりの有名人よ!!
まずあのルックスは分かるわね?　それだけじゃなくて頭はい

いしスポーツ万能！　とくにバスケ部に入っててうちのエース！　噂（うわさ）では1年からレギュラー入りで弱小だったうちのバスケ部を初めて関東まで連れていった立役者！
ここまででもかなりのパーフェクトなのに、なんと家はお父様が医者で開業しててお母様はサロン経営。かなりのお金持ちなんだよ?!　なぜここの高校に来たのかだけが謎みたいだけど…」
「そっ、そうなんだ…」
「う～ん…こう言っちゃなんだけど、もし本当に相手が斎藤先輩なら犬に噛まれたと思って忘れなさい？」
「俺も美和の意見に同感。相手がよくないよ」
そんなこと言われたって…私はあの人が、どんなにすごい人だろうと関係ないよ。
あんな軽々しくキスされたのが許せない！
第一そうゆうことって本当に好きな人とするもんでしょ？
それなのに……
考えるとまた涙が溢（あふ）れそうになってしまった。
本当に私のファーストキス返してほしいよ。
——————……………
——————……………

次の日。
私は重い足取りのまま学校へ向かった。
本当に気が重い。
願わくはあの人と会いませんように‼
そんなことを考えつつ歩いてると、
昇降口に立っている背の高い人が目に入った。

直感で絶対あの人だっ！
と思い、木の陰にそっと隠れた。
よく顔を見ると右頬がひどく赤く腫れていた。
…きっとあれは私が昨日叩いたからだ。
よく見ると、
先輩は登校してきた女子を一人一人確認しているようだった。
もしかして昨日のこと怒ってて私のこと探してるのかな？
そう思うとサーッと血の気が引いてしまう。
…それにしても、
先輩の前を通った女の子はみんな振り返って先輩を見ている。
みわちゃんとケン君の言う通りあの先輩…本当にすごい人なんだな。
てかどうしよう！
あそこ通らなくちゃ校舎に入れないし、このままここにずっといたら遅刻しちゃうし…
考えつつ私はある場所に目がいった。
そうだっ!!
私はもう一度先輩を確認してサッと職員玄関の方へと回った。
そしてそこから靴箱へ行き、逃げるように教室へ向かった。
――――――……………
―――――…………

教室へ入ると、もうみわちゃんとケン君が来ていた。
「あっ遙来た！」
私の姿を見つけると、
みわちゃんがあわててこっちへ駆け寄ってきた。
「遙、大丈夫だった？　昇降口に先輩いたでしょ？」

「うっ、うん…。やっぱり私のこと探してるのかな？」
そう思うと恐怖心でいっぱいになってしまった。
「それにしても遥…派手に先輩のこと殴ったね。近くで見たけどかなり腫れてたよ？」
「きっとそのことで怒ってるんだよね。…どうしよう」
ハァーっとつい重いため息が出てしまう。
「とにかくうちの学校って生徒数多いし！　あの先輩だから2〜3日もすれば忘れちゃうと思うよ？　ただそれまではしばらく気を付けて、絶対見つからないようにした方がいいよ！」
「うん…」
なんでこんなに私が怯(おび)えなくちゃいけないんだろ。
悪いのはあっちなのに…
早く私のことなんて忘れちゃってほしい。
——————…………
——————……

それから1週間。
私は何度か見つかりそうになったけどどうにか見つからずにいた。
常に傍(そば)にいてくれたみわちゃんとケン君のおかげかな？
二人がいなかったら見つかっていたかも…
そんなある日の放課後、今日も図書室当番の日だった。
いつも一緒に来てくれてたみわちゃんは今日はたまたま、ケン君と仲良く委員会の集まり。
だけどあれから1週間。
何度か図書室にいたけど、
さすがに図書室には来ないし大丈夫だろうと私も安心しきって

いた。
…ガラッ。
図書室に入るとやっぱり今日も誰もいなかった。
昼休みなら涼みに最近ではたくさんの人が来るようになったけど、放課後はエアコン禁止だからわざわざ来る人もいない。
私はいつものカウンターに座り、図書だよりを書き始めた。
見る人なんてほとんどいないけどね。
────…………
──…………

しばらくして、図書室のドアが開いたような音がした。
…!!?
ふと見ると誰もいなくてドアも閉まったままだった。
「あれ…？　気のせいかな…？」
そう思い、気にせずまた作業を始めた。
っと、その時！
カウンターの下から突然あの先輩が現れた。
「!!」
「…よぉ。探したぜ〜♪」
私はあまりに突然のことにびっくりしてしまい言葉が出なかった。
「この１週間…よくこの俺から逃れられてたなぁ？」
不気味な先輩の笑顔を見てハッと我に返る。
やっ…ヤバイ！
逃げなきゃ！
私はとっさに立ち上がり図書室の奥へと逃げた。
「あっ！　おい！　待てよっっっ！」

しまった〜！
なんで私ってばドアとは真逆の奥の方へ来ちゃったんだろう。
意外に図書室は広く、私は色々な所に隠れながら移動した。
図書室の中では先輩が私を探す声が響いている。
…よし！
このままそっとドアの方へ行って逃げよう！
そう思った瞬間、突然後ろから抱き締められた。
「…キャッ！」
「やっとつかまえた」
私は必死に逃げようとしたけど、男の人の力にかなうわけがなく、身動きがとれなかった。
「…この前のことはすみませんでした！　謝るのでもうやめてください！」
「やだ」
やだって…！
「じゃあどうすればいいんですか？」
こっちはもう関わりたくないのに…
すると先輩は私をくるっと回して向き合わせた。
「俺の彼女になれ‼」
…え？
突然の言葉に私は言葉を失った。
「お前のあのときの泣き顔が俺、ずっと忘れられなくて…」
なっ…
こっこの人、もしかして。
Ｓ‼⁉
「お前みたいに俺のこと拒否った女、初めてなんだよね…
それになによりお前っていじめがいがありそうだし」

その言葉に思わずゾッとしてしまった。
「なっ…なに考えてるんですか!!!　絶対お断りです！　…私はそんな軽い女じゃありません!!　ちゃんと…本気で好きになった人としか付き合いません！」
「…なんで⁉　他の女なら俺から言われたらすっげー喜んでOKするよ？」
こっ…この人って一体今までどんな人生を歩んできたんだろう。
「それにお前お前って言わないでください!!　私にだってちゃんと遥って名前があるんです！」
「遥…？」
先輩の手が私の頬に触れた。
その行為に思わずドキッとしてしまう。
「俺は遥のことすっげー好きだよ？　今まで女に対してこんな気持ちになったことないんだよね。この１週間、この俺がどんな気持ちで捜し回ってたか分かる…？」
逆の手が私の腰に回る。
「ちょっ！　ちょっと離してください!!!」
私は思いっきり先輩の胸を両手で押したけどびくともせず、逆にさらに腰の周りにある手で抱き寄せられてしまった。
「なに…？　あれが全力の抵抗？　こんなに近くになって抵抗されたのも初めてだぜ」
そんな言葉や行為に私の胸は高鳴るばかり。
だって先輩の顔がすぐ目の前にあって
じっと真剣な瞳で私のことを見ている。
そんな先輩から、私もなぜか目が離せずにいた。
「その顔可愛いね。押さえられなくなる」
そう言って先輩はそっとキスしてきた。

短いキスですぐ唇が離れたと思ったらまたキス…
その繰り返しを何回もされた。
両手でがっちり押さえられてて私は身動きができなかった。
そして、急に先輩の舌が私の口の中へと入ってきた。
やっ…やだっ…
なにこれっ…
巧みに先輩は舌を動かしてきて…
最初はとても気持ち悪かったのがだんだんと気持ち良くなってきてしまった。
ずっと舌を入れられたままの状態が続いて、
私は立っているのがつらくなってきてしまった。
何回か抵抗してみても全然やめてくれなくて、
逆に抵抗するたびにキスが激しくなってきて…
足に力が入らなくなってとうとう倒れそうになってしまった。
すると、
今まで離してくれなかった唇をようやく離してくれた。
「…なんでそんな顔すんの？　とまんなくなるじゃん」
フワッ…
「！　キャッッ…おっ、下ろしてくださいっっ！」
私は先輩にお姫様抱っこをされてしまった。
「だめ。遥があんな顔するから悪いんだろ？」
そう言って先輩は図書室のカウンターの脇にあるソファーの上に私を下ろし、おおいかぶさってきた
「なっ…なにするんですかっ！　やめてください！」
私はこれからされそうなことが想像できてしまって怖くなり、涙が溢れてきてしまった。
「だからその顔に俺…やばいんだよ」

20　私の彼氏はS先輩!!

そう言うとまた唇が重なった。
今度はいきなり舌を入れてきて、
左手は私のシャツのボタンを外し…
右手は太ももをまさぐっている。
嫌で嫌でたまらないのに、気持ち良く思ってしまう自分がいて。
そんな自分自身が怖くてさらに涙が出た。
唇が離れたと思ったら、今度は涙を舐めた
「なんでそんなに泣くの…？」
「そっそんなの…嫌だからに決まってるじゃないですかぁー…」
私が言っても全然やめてくれない。
「…悪いけど…俺、とまらないよ」
そして、先輩の舌は首へと移動した。
「…っ！　ー」
私はますます感じてきてしまって……
そんな私に気付いた先輩…
「…ほら。体は正直なんだよ？　…そのまま俺に身を任せて…？」
先輩の舌が首を下りて胸元へ来た。
さすがにもう怖くなった私は、思わず無防備になっていた足をバタバタと動かして必死に抵抗した。
「…まだそんなことすんの??」
「！　っー…」
深い深いキスをされた。
だけど私は必死に抵抗した。
すると…
ーー……ドカッッ！

「いって!!!」
思いっきり蹴っ飛ばした足がたまたま先輩の股間に当たった。
うずくまる先輩。
私はすぐさま起き上がり、無我夢中で図書室を出た。

怖かった…怖かったよぉ―…
空き教室に入り座り込んでしまった。
両手で体を押さえ安心感に包まれる。
「よかっ…たぁ」
キスされちゃったけど…
それ以上のことをされなくて本当によかった。
そんな思いとは裏腹に、
あんなことされて、
ドキドキしてしまった自分がもっと怖かった。
あのままされていたら、
自分が自分ではなくなりそうな気がした。

入部命令!!

次の日。早朝7時半。
登校時間より1時間早く私は学校へ来ていた。
昨日、無我夢中で帰ってきちゃったから、図書室にカバンごと置いてきてしまった。
本当はあのあと取りに行けばよかったんだけど。
まだあの場所に先輩がいるかもしれなかったし、何より怖かったから。
ケータイもバッグの中だったからみわちゃんにも連絡できなかった。
そっと図書室に入ると、
当たり前だけど誰もいなくて本当にシーン…っていう音が聞こえてきそうなくらい静かだった。
「…あれ？ ない！」
カウンターに置いておいたはずのカバンがなかった。
急いで辺りを探したが見当たらない。
「…うそ」
もしかして見回りの先生が見つけてくれたのかな？
そう思い私は職員室へ向かった。
しかし、
先生に聞いても、誰も私のカバンをあずかっている先生はいな

かった。
「…どうしよう。もしかして…？」
まさか先輩が私のカバンを持って行っちゃったのかな？
サーッと青くなってしまった。
もっ…もしそうだったらどうしよう！
私は急いで昇降口へ向かった。
靴箱の影からそっと外を覗いてみたが、
「あれ…？」
この1週間、毎日いた先輩の姿がなかった。
「さすがに昨日のあれがあったあとだもんな」
もう私を探さなくてもいいもんね。
なんだ…
結局、全然本気じゃなかったんじゃん。
私のこともけっきょく遊びだったんだろうな。
そう思うとなぜか心が痛んだ。
みわちゃんに言われた通り、犬に噛まれたと思ってさっさと忘れちゃおう。
私はそのままなぜか重い足取りのまま教室へとむかった。
「…あれ？」
なぜかうちの教室の入り口にたくさんの生徒が群がっていた。
と、そこへみわちゃんとケン君も来た。
「おっはよー遥！」
「おす」
「あっ、おはよう！」
するとケン君は何も手に持っていない私に気付いた。
「…あれ？　遥ちゃん、カバンどうしたの？」
「そうそう遥！　昨日、心配でケータイかけたけど出なかった

し…どうかしたの？」
「そっ…それが昨日は大変だったんだよぉぉ～」
思わずみわちゃんにしがみついた。
「どっ…どうしたの？」
「とりあえず教室行こうぜ！　…あれ？」
ケン君もうちのクラスの前に群がってるたくさんの生徒に気付いた。
私達はとりあえず人混みを抜けて教室に入った。
すると、
私の席に誰か座っていて周りではクラスの女の子達がキャーキャー騒いでた。
「ちょっと…はるかぁー…」
私はその光景に絶句してしまった。
だって…私の席に堂々と座っていたのはあの斎藤先輩だったんだもの。
私が来たことに気付いた先輩は笑顔でこっちに来た。
「遥！　お前遅いじゃないか…ほら」
そう言って私にカバンを差し出した。
「あっ…私のカバンッ！」
やっぱり先輩が持ってたんだ。
「悪いけど学生証見せてもらったから！　おかげでクラスも分かったし。あとケータイに俺のアドレスも登録しておいたから」
「えっ!?」
私は渡されたカバンの中から急いでケータイを出して中を見た。
そこには
『斎藤三月（さいとう みづき）』

新しくメモリに登録されていた。
「とにかく…」
先輩は周りのギャラリーの多さに気付き、私の腕を掴み引き寄せると体を軽々と持ち上げ肩に担いだ。
「キャッ！　ちょっ…ちょっと」
「ここじゃ落ち着いて話せねーし行こう」
「いっ…行こうって、もうＨＲ始まりますよ⁉」
「いいからいいから！」
いいからって…
私は担がれたまま連れていかれた。
何気におしりにある手が気になる。
一体どこ連れていく気だろう。
先輩は別館の誰も滅多に通らない階段に連れてきた。
「…よし！　ここでいっか」
そう言って先輩は階段に腰を下ろし、私を先輩の右膝の上に座らせた。
先輩の膝の上に座ってるから目線が合って、無意識に照れてしまった。
「なに照れてんの？」
ニヤニヤしながら先輩は私のおでこに自分のおでこをあててきた。
私はあまりに恥ずかしくて目線をそらした。
「昨日はいい蹴りをどうも」
…ギクッ
「そっ…それは先輩があんなことー…」
そう言いかけたとき、突然唇をふさがれた。
「っー…」

また深い深いキス。
しばらくして唇が離れた。
「あんなことってこんなこと？」
私はあまりに恥ずかしくて一気に顔が赤くなってしまった。
「まっ…また勝手に！」
「なんでお前ってそんなに可愛い顔するの？」
「えっ…」
今度は頬にキス。
「…遥はどうやったら俺のことを好きになってくれんの？」
あまりに先輩がきれいな顔で無意識に胸が高鳴る。
「そっ…そんなことを言われたって分からないです…」
「俺はすっげぇ遥のこと好きだよ。お前のことが頭からはなれねぇんだ…」
そんなストレートな言葉…今まで言われたことなかったから。本当にドキドキした。
「じゃあとにかく俺の傍にずっといて」
「…えっ？」
そう言うと先輩は私のことを立ち上がらせ、先輩も立ち上がった。
「もうＨＲも終わるし。俺、次の授業単位やばいから出ないと。…本当はこのままずっと一緒にいたいけど。放課後また迎えにいくから待ってて」
「えっ…？」
そう言ってまたキスされた。唇が離れるとそっと頭を撫でられた。
「またな」
そう言って先輩は行ってしまった。

先輩が行った後も私はその場にしばらく立ちすくんでしまっていた。
どうしよう…
ドキドキが止まらないよ…
なんで私なの？
他にもかわいい子は山ほどいるじゃない。
あんなに嫌だったのに…
さっきはそれほど嫌じゃなかった。
私、どうしちゃったんだろう。

教室に戻ると、女子達の質問攻めにあった。
ちょうど1時間目が始まる前に戻ったからすぐに先生が来て助かったけど。
本当に先輩は人気があるんだな。
でも、分かるよ。
だって悔しいけどかっこいいもん…
———…………
———………

次の休み時間になると私とみわちゃんとケン君で急いで教室を出て誰もいない所へと行った。
「で！　何言われたの？　さっき先輩に連れていかれて」
私は昨日のこと、さっきのことを全部二人に話した。
「うぅ～ん…本当に先輩、遥のこと本気なのかな？」
「そんなことないよ。だって先輩に好かれる理由が分からないもん…」
そんな私に対してみわちゃんは勢いよく話し出した。

「そんなことないよ！　遥は自分が思ってるより全然可愛いよ？　もっと自分に自信持ったほうがいいよ！　ねぇケン！」
「あぁ！」
「ありがとう。…だけどなんかもうあの先輩に関わりたくないよ…自分が自分でなくなっちゃいそうになるの」
「それってさ、遥はちょっと先輩のことが気になってんじゃないの？」
「そっそれは絶対ないよ！　やっぱり怖いしあんなことされると…嫌だもん」
「う～ん。ケンはどう思う？」
「俺は分からねぇなぁ…。俺は好きな子にしかそうゆうことしねぇし。…あの先輩はどうなのか分からねぇけど」
「なによ！　全く参考にならないわね！」
「仕方ねぇだろ？　人間なんてみんな一人一人考え方違うんだから」
「そっ…それはそうだけど」
みわちゃんは言葉につまってしまった。
「とにかく！　遥、少し様子みてみたら？　…それに先輩が本気だったら先輩にも失礼だしさ」
「そうだな」
「うん…」
だって人ってそんな突然に人を好きになれるものなの？
私は違うよ？
毎日一緒にいて色々なとこをたくさん知って、
それから好きになっていくんじゃないのかな？
第一、先輩だって私のなにを知ってるって言うの？
なにも知らないくせに…

29

いきなり好きだとか言われたって信用できないよ。
————…………
————………
—………

それから休み時間のたびに私はみわちゃんと教室を出てた。
今までこんな注目されたことなかったからすごく疲れる。
そして、どうにか
私のきっと学校生活の中で一番長い人生が終わった。
だけど、約束通りＨＲが終わり先生が出ていくのと同時に先輩が教室に入ってきた。
「遥～行くぞ！」
「えっ？」
私の返事を聞く前に先輩は私の手を掴み引っ張った。
「どっ…どこに行くんですか⁉」
「部活」
ぶっ部活ぅ～⁉
————…………
————………
—……

結局そのまま何を言っても腕を離してくれることはなく、みんなに注目されながら強引に体育館まで連れていかれた。
体育館に着くと早いことにもう部員達は練習をしていた。
「あっ！　キャプテンおはようございます！」
キャプテン⁉
「おう！　1回みんな集合してくれ」

そっか。
もう三年は引退しちゃったんだ。
みんなが先輩の前に集合した。
なんだか私はものすごく場違いのような気がして恥ずかしくなってしまった。
そんなことを思っていた時、急に先輩が私の肩を抱き寄せた。
「こいつ、今日からマネージャーだから」
…えっ？
いっ…今、先輩なんて言った⁉
「あれ？　さおりはまだ来てねぇのか…」
さおり？
「よし！　じゃあ俺は着替えてくるから先に練習はじめといてくれ」
『うぃーす！』
あまりの展開の早さに私は言葉が出なかった。
「んじゃ遥は俺と一緒に来て」
「えっ…来てって一体どこに？」
私の話など聞かず、先輩はまた私の腕を引く。
連れてこられたのは部室だった。
「ちょっ…ちょっと先輩！　私、中には入りませんよ！」
「いいから！」
そのまま無理矢理中に入らされてしまった。
本当になに考えてるんだろう、この人。
「あのっ！　…私、突然マネージャーって言われたって無理なんですけど…第一私バスケのルールも分からないですよ？」
「いいんだよ」
そう言いながら先輩は私に歩み寄ってきた。

そしてまた顔が近づく。
「言ったじゃん…。俺の傍にいてって。だから遥はマネージャーやって？　俺、放課後はほとんど部活だから」
まだ…
また胸が締め付けられるように苦しくて高鳴る。
だんだんと先輩の顔が近づいてきた。
またキスされる！
そう思った私は思わず目を瞑ってしまった。
…あれ？
いつまで経ってもこない唇の感触に、思わず目を開ける。
するとそこにはニヤニヤ笑ってる先輩の顔があった。
そんな先輩の顔を見ると、恥ずかしくなってきてしまい、顔が真っ赤になっていくのが、嫌でも分かる。
「なに目瞑ってんの？　もしかして遥キスして欲しかった？」
「そっ！　…そんなわけないじゃないですか！」
そのまま部室を出ようとドアに手をかけたとき、
先輩に後ろから抱き締められた。
「どこ行くつもり？」
「どっ…どこって、帰るんです！」
ドアノブにかけていた手に先輩の手が触れてきた。
それだけでドキドキしてしまう。
「言ったじゃん…。遥は俺の傍にいろって」
その言葉に思わず振り返った。
「っ…いい加減にしてください！　私は先輩のおもちゃじゃないんです！　今日だって…今日だって先輩のせいでみんなから注目されちゃって……」
知らない人にも、

コソコソ話されちゃって。
「私がどんなに嫌な思いしたか、先輩には分かりますか⁉」
だめだ。
また涙が出てきちゃう。
そんな私を見て先輩は抱き締めてきた。
「…悪いけど俺はやめないよ？ それに、遥が泣くと…俺、ますます燃えるし…」
そう言うと先輩は私の顎をあげ、
今度は本当にキスしてきた。
先輩にキスされると、
なぜか力が入らなくなる。
初めてだからよく分からないけど、先輩はすごくキスがうまいと思う。
まただ…
また腰に力が入らなくなってきちゃったよぉー…
それに気付いたのか先輩は唇を離した。
「…今日は逃がさねぇからな」
そう言うと先輩は私を抱っこして長椅子の上に寝かせた。
そして覆いかぶさるようにキスしてきた。
「…っやぁ！」
どうしよう…このままだったら…
怖いよ─…
「せっ…先輩！ お願いだからやめてくださいっ…」
私の耳元で先輩が言う。
「だめ…。俺、とまんねーもん」
そうして先輩は何度も何度もキスをしてきた。
しばらく誰も来なそうだし、

私本当にこのままやられちゃうのかな。
「遥ー…」
先輩の手が私のスカートの中に入ろうとしたとき、勢いよく部室のドアが開いた。
その音に、すぐさまドアの方へと視線を送るとそこにはきれいな女の人が立っていた。
「み〜つ〜きぃ〜あんたってヤツはぁぁぁ‼」
「さっ！　さおり‼　てめぇなにして―…」
と、先輩が言い終わる前に女の人の飛び蹴りが炸裂した。
先輩はまるで漫画のワンシーンのように床に落ち、どうやら気絶をしてしまったようだ。
やられずに助かったけど、
「全く！　人間のクズだわっ！」
助かったけど…
このきれいな人ってもしかして先輩の彼女かな？
その人は私の方を見て駆け寄ってきた。
「大丈夫だった⁉　怖かったでしょ⁉」
そう言って私に手を貸してくれた。
「部員から話は聞いたわ。私は２年でマネージャーの遠田さおり！　やっと三月のバカがマネージャー入れてくれてうれしいわ」
「えっ…あの…」
私まだやるって決めてないのに。
「三月の奴、自分の気に入った子しか入れないから困ってたのよ。私一人でそりゃもう毎日大変で…」
「はぁ…」
「だけど本当によかった。これからよろしくね遥ちゃん！」

私はチラッと気絶している先輩を見た。
先輩…かなり力があるのに、その先輩をたった一撃で気絶させちゃうなんて。
この人って…
――――――……………
――――…………
――……

私には拒否権などなく、今日からバスケ部の一員となってしまった。

夏休み前の最悪な出来事

早朝6時半。
ちょっと前の私だったら、ちょうどこの時間に起きる。
だけどここ2週間、私はもう6時半には学校の体育館にいる。
季節は変わって7月。
いよいよ夏本番だ。
――――――…………
――――………
――……

「遥ちゃーん！　そっちのごみお願いね！」
「はぁーい！」
私とさおり先輩の朝の仕事は部室のお掃除から始まる。
毎日毎日お掃除してるのに次の日には必ず汚くなっている。
さすがは男の子だ。
「いや～それにしても一人増えるだけでかなり助かるわ」
「そう言ってもらえると嬉（うれ）しいです」
あとから話を聞いたら、さおり先輩と斎藤先輩は幼なじみらしく、昔からさおり先輩が強かったみたい。
今ではしっかりさおり先輩にガードしてもらってるから、ここ2週間、先輩にはなにもされていない。

最初はルールもなにも分からず不安だらけだったけど、今ではさおり先輩のおかげで仕事もルールも少しずつ覚えてきて、なんだか意外に楽しい毎日を送ってる。

さおり先輩は、女の私から見てもとても魅力的な人だった。
美人でスタイルはモデルさん並み。
だけど全く気取ってなくて、気さくでサバサバしていて、
女の人でこんなに親しみを持ったのはみわちゃん以来だった。
───…………
─……

女子部室。
「えぇ～私と三月がお似合いだってぇ？　アッハハハハ‼　遥ちゃん、それは天と地が引っ繰り返ってもありえないから」
「そうですか？　お二人はかなりお似合いだと思うんですけど…」
朝練が終わり着替えながらさおり先輩とそんな話をしていた。
「本当にありえないよ～私は三月を男として見たことないし、三月だって私のことを女として全く見てないと思うよ？」
「そうなんですか？」
「それに、三月は遥ちゃんに夢中だしねぇ」
「…えっ！」
さおり先輩の言葉に、思わず赤面。
「あいつは昔から遊んでた奴(やつ)だからね。遥ちゃんが嫌がるのも分かる！　…だけどね、私は昔っからのあいつを見てるけど、三月はかなり遥ちゃんのことは本気だと思うよ？　まっ！　頭の片隅(かたすみ)に入れといてあげて」

さおり先輩になかなか返す言葉が見つからなかった。

着替えが終わり、私から先に部室を出た。
すると突然、私の視界が変わった。
「えっ…」
気付けば、斎藤先輩に抱っこされていた。
「あっ！　ちょっと三月ー！」
「うっせぇなぁ。ここんとこ散々ガードしやがって！　悪いけどさおり、遥もらってくから」
「さっ、さおり先輩〜！」
先輩はものすごいスピードで私を連れて走った。
さおり先輩の声がどんどん遠退いていく。
————…………
———………
—……

先輩が向かった先は図書室だった。
「せっ…先輩っ⁉」
ドアを閉め、私をおろすといきなり先輩は私のことを抱き締めてきた。
「やっと触れた—…」
久々の先輩のぬくもりや香水の匂いにクラクラしてしまう。
「せっ…先輩！　離してください！　それにもうＨＲ始まるし」
このまま一緒にいたらまた何されるか分からないし。
「だめ。２週間分ちゃんと遥のぬくもり思い出させて…？」
そう言うと、さらに強く抱き締められた。

久々だからかな？
本当にドキドキしてしまう。
私は思い切っていつも思っていたことを言葉にした。
「先輩…聞きたいことがあるんですけど、聞いてもいいですか？」
「なに？　遥からの質問ならなんでも答えるよ」
そう言うと先輩は私を離し、再び抱っこしてカウンターの上に座らせた。
ちょうど私がカウンターに座ると先輩と目線が同じですごいドキドキしてしまう。
「こっ…これじゃあ話ができないですっ！」
恥ずかしさのあまり思わずパッと目線をそらした。
すると先輩は私の顎(あご)をつかんで無理矢理目線を合わせた。
「なんで目をそらすの？」
そう言って先輩の唇が私の唇に触れた。
久しぶりのキスに、
私の胸はしめつけられるくらいキュゥー…って鳴った気がした。
すごく
やさしい軽いキス。
すぐに唇が離れた。
「それで？　話ってなに？」
私はゆっくりだけど、言葉を出した。
「前から聞きたかったんですけど…その…なんで私に…こうゆうことするんですか？」
やっと言えた。

「そんなの好きだからに決まってるだろ？」

「そっ、そうじゃなくって！　…じゃあ私のどこがその、好きなんですか？」
「言わなきゃダメ？」
その言葉に私はすぐに頷いた。
すると、先輩は珍しく少し顔を赤らめながら話し始めた。
「最初は…マジで遥の泣き顔に惹かれた。俺、今まで女に泣かれたことなかったから…。
最初、図書室で逃げられたときあっただろ？　そんときカバンの中に作りかけの人形見つけて…
すっげぇ上手じゃん？　なんかそんな女らしいとこにもますます惹かれたし…。
最近の部活での遥の頑張り屋さんなとこや、さおりといるときに見せる笑顔がすっげぇ可愛いとこも好きだし…」
赤くなりながら話す先輩は本当に予想外で、なにより私のことを本当はちゃんと見ててくれたことにすごく驚いたし、
なんだか心の底からすごく嬉しくなった。
「っもぉいいだろ⁉　…ちゃんと分かった？」
私は黙ったまま頷いた。
なんだか照れたように私を見る先輩を見て、失礼だけど可愛いって思ってしまった。

「遥はまだ俺のこと嫌？　俺はもういつも我慢してて少し限界…」
そう言って先輩はまた私にキスをしてきた。
またすごく胸がしめつけられた。
手が私の腰にきて、
私の中が先輩でいっぱいになってきた気がした。

「っっ…！」
どうしよう…
私なんか今、ものすごく変…。
いつも恥ずかしくて火照(ほて)るのとはちょっと違くて、
素直に火照ってる感じ。
しばらくして先輩の唇が離れた。
「遥…だからそんな顔しないで？　マジで俺とまんねぇよ…」
先輩の顔もいつもと違って色っぽくて…少し息切れしていて、
そんな先輩を見ると、ますます私の胸は高鳴る。
「遥…」
私、もっともっと先輩とこうしていたい。
そう思った私はそっと目を閉じた。
──…っと、その時
突然、図書室のドアが開いた。
「三月一!!!　あんたって奴はまた遥ちゃんにィ〜!!」
すごい剣幕(けんまく)でさおり先輩が図書室に入ってきた。
「さおりっ!?」
そして、またさおり先輩の飛び蹴りがきれいにきまった。
まともにくらった先輩はまたその場に倒れ、気絶してしまった。
「まったく！　油断も隙もないんだから！　遥ちゃん大丈夫だった？」
「あっ…はい」
私は我に返りさっきまでの自分の行動を思い出し、物凄(ものすご)く恥ずかしくなってしまった
「あぁ〜可哀想(かわいそう)に…へんなことされたんだね？」
そう言うとさおり先輩は私の手をとった。
「さっ！　1時間目が始まっちゃうわ。早く教室まで行きまし

41

ょ」
「あっ…でも、先輩がっ!」
「いいのいいの! どうせそのうち気付くから。早く行きましょ!」
無理矢理さおり先輩に手を引かれ、気絶したままの先輩を残したまま図書室を後にした。

昼休み。
「みわちゃん…私って変態なのかな」
私の突然の言葉に、みわちゃんとケン君は食べているものをブーッ‼と吐き出した。
先輩と出会って注目されるようになってから、私達はいつも屋上で食事をしていた。
だけど、さおり先輩がわざわざうちの学年に来て全クラスに私のこと悪く言うな!って言ってくれて、それからだいぶ違ってきた。
本当にさおり先輩には大感謝だよ。
口を拭きながらみわちゃんが言った。
「なっ! なに急に変なこと言ってんのよ⁉」
「違うの! それに真面目に悩んでて…」
「なんかまたあったの?」
「実は…」
私は今朝のことを話し始めた。
私がそのとき思ったことや先輩にされたことを話すと、聞いてたケン君の顔がみるみるうちに赤くなってきた。
「ちょっ、ちょっと! 遥! なに真っ昼間からそんなエロい話してんのよ!」

「だっ、だって！　…だって本当にどうしたらいいのか分からないんだもん」
「だっ、だからってケンだっているのにっ…！」
だって、本当に自分でもこの気持ちをどうすればいいのか分からないんだもん。
どうしよう…
先輩と、どんな顔して会えばいいんだろう。
───────…………
──────…………
──………

そして、あっという間に放課後になってしまった。
みわちゃんとケン君とバイバイして私は一人、いつものように部室へと向かった。
本当、どうしよう…
部室に向かううちにドキドキしてきた。
人気がない廊下を歩いていると、いきなりグイッと腕をつかまれ、空き教室の中へ引き込まれた。
私は一瞬のことすぎて、なにがなんだか分からなくなった。
すぐにドアが閉まり、教室にいた数人に囲まれてしまった。
「あんただね？　最近、三月の周りをウロウロしてたのは…」
どうやらみんな２年生の先輩のようだった。
なんとなく先輩と出会ってから、こんなことが起こるんじゃないかって思ってたから、自然と落ち着いていた。
「ちょっと！　あんた最近三月にくっつきすぎ！　それにマネージャーまでやっちゃって」
やっぱり。

そういうこと言われるんじゃないかなって思ってた。
「それに、三月にはちゃんとした婚約者がいるって知ってるわけ!?」
「えっ?」
「知らなかったわけ!? 三月には他の学校にちゃ〜んとした婚約者がいるのよ!」
「だからみんな、三月には手を出せずにいたのに…あんたみたいな常識知らずがいると迷惑なのよね!」
「ちょっと三月に相手にされたからっていい気になっちゃって! …まっ! あんたも所詮、三月の暇潰しだったのよ。今までだってそうだったし」
「結局は、結婚するまでのお遊びの相手の中の一人だったってわけ」
「いい!? 分かったら二度と三月に近づくんじゃないよ!」
そう言って先輩達は出ていった。
──────……………
──────…………

私はしばらくその場を動けずにいた。
婚約者がいるなんて、
そんなこと全然知らなかった。
なんだ…
やっぱり結局は私のことも遊びだったんじゃん。

その日は部活に行かず、家に帰ってきてしまった。
何度も何度も先輩とさおり先輩から連絡があったけど、どうしても電話に出る気にはなれなかった。

なんでこんなにショックなんだろう…?
私、先輩のこと好きになりかけてたのかな。
そんなことを考えているとなぜか、自然に涙が溢れてきた。
すごくせつない。
あんなに嫌でたまらなかったのに…
なんでこんなにも悲しい気持ちでいっぱいになってしまうんだろう。

次の日。
学校なんて行きたくなかったけど、親が許してくれるはずもなくて、私はいつもの朝練には行かず、以前のように普通に登校した。
——————…………
———…………

学校に向かっている途中も昨日の話が頭から離れない。
考え事をしながら歩いてしまっていたため人とぶつかってしまった。
「っ! すみません!」
「やっと来た…」
えっ…この声って…
ドキドキしながらも顔を上げるとやっぱり先輩だった。
周りにはたくさん生徒がいて、昨日の先輩達に見られてるんじゃないかと心配になってしまった。
「すみません」
早くその場を立ち去ろうとしたが腕を掴まれてしまった。
「とにかくこっちに来い」

そう言われ、人気のない裏庭に連れてこられた。
「遥…昨日も今日も、俺とさおりがどんだけ心配してたか分かってるか？　なんで部活に来なかったんだ？　電話にも出ないし」
「……」
「遥？」
私はもう先輩と一緒にいるだけで胸が苦しくて苦しくて、早くこの場を立ち去りたかった。
「私…部活辞めます」
「なに言ってんだよ！　前にも言ったよな？　俺のそばにいろって…」
「そんなの…本気で思ってないくせに！」
「えっ？」
「昨日、先輩のファンの人に聞いちゃったんです。先輩には別の学校に婚約者がいるって…」
「……!!」
私の言葉に驚く先輩。
やっぱりあの人達の話は本当だったんだ。
「もう、私にかまうのはやめてくださいっ…」
自然と涙が溢れてきてしまった。
「ちゃんと将来を誓った人がいるのに私にあんなことして…先輩は最低ですっ！　…もう二度と私の前に現れないでください！
先輩なんて…大嫌い！」
私はそのままその場を走り去った。
教室には行かず図書室へと向かった。
振り返っても、先輩の姿はなかった。

いつもだったら追いかけてきてくれるのに…
やっぱり私のことなんて、ただの遊びだったんだ。
そう思うとまた涙が溢れてきてしまった。

私は結局、ＨＲと１時間目の授業をさぼってしまった。
その間みわちゃんからメールがきて、図書室にいるって伝えると１時間目が終わってすぐ駆け付けてくれた。
「遥っ！　一体何があったっていうのよ。そんなに目腫らしてっ」
「みわちゃん…」
みわちゃんの顔を見た瞬間、今まで我慢していたものが一気に溢れ出してしまい、思わずみわちゃんの胸に飛び込んだ。
――――――…………
―――…………

「そうだったの。辛かったね？　でもさ、遥はこのままでもいいの？」
「…えっ？」
「別に遥がもう先輩とはこのままでいいって言うなら私は何も言わないけど。私だったらちゃんと自分の気持ちを話してからケリをつけたいって思うからさ…」
みわちゃん…
「そうかもしれないけど…またあの先輩達に何かされたら怖いし…。今はもう早く忘れたい…」
「そっか…うん！　それなら私は何も言わないよ？　その顔じゃあ２時間目も無理だね。このまま一緒にさぼろう」
「えっ！　いいよ！　みわちゃんは戻って？　私も落ち着いた

ら行くから…」
「なに言ってんのよ！　私達親友でしょ？　一緒にいるよ」
みわちゃんの言葉がものすごく嬉しくて私はまた涙が溢れてきてしまった。
「ちょっと遥〜なにまた泣いてるのよ？」
「だってぇ〜…」
本当に本当に、みわちゃんと出会えて親友になれてよかった。
いつも私が辛いとき、悲しいとき必ずそばにいてくれる。
みわちゃんは私にとって、
とてもとてもかけがえのない友達だよ…？
————————……………
————————…………

結局、私とみわちゃんは４時間目までずっと図書室にいて、色々な話をしていた。
おかげでなんだかすごく気持ちが軽くなった気がした。
————————…………
————————………

昼休みになり、いつものようにケン君と三人でご飯を食べていた時、教室にさおり先輩が来た。
「遥ちゃん…ちょっといいかな？」
最初はすごく戸惑ったけど私は頷いた。
そしてふたりで少し離れた誰もいない屋上で話し始めた。
「遥ちゃん、ごめんね。　私がちゃんと三月には婚約者がいるって話しておけばよかったのに…」
「そんなっ！　さおり先輩が謝らないでください」

「三月のこと、嫌いになっちゃった？」
私は首を縦にも横にも振れなかった。
やっぱり会いたくないって思ってても、心の奥にはまだ先輩への感情が残ってるんだもん。
「三月ね、ものすごく落ち込んでいたよ」
「…えっ？」
「あんなに落ち込んでる三月、初めて見たよ…」
さおり先輩が真面目な顔をしてこっちを向いた。
「ねぇ遥ちゃん…もう１回ちゃんと三月と話してもらえないかな？」
「それは…」
私は目線を下に移した。
だって、本当に何を話したらいいか分からないし、何より話すのが怖い。
先輩の口から聞くのが怖い。
「今日だけでいいからっ！　…ね？　今日だけ部活に来てくれないかな？」
あまりに必死なさおり先輩に私は思わず頷いてしまった。
「本当っ⁉　良かったぁー！　じゃあ放課後、迎えに行くから教室で待っててね」
怖いけど、さおり先輩がそばにいてくれるなら。
大丈夫だよね？

そのあと教室へ戻り、先に戻っていたみわちゃんに今日、部活に出ることを伝えた。

そしてあっという間に放課後になった。

「遥ぁー…本当に部活に行くの？」
「うん。さおり先輩と約束しちゃったし。それにみわちゃんの言う通りちゃんと先輩と話したいし」
「そっかぁ──…じゃあちゃんと先輩に自分の気持ち伝えなくちゃダメだよ？」
「うん…」
なんだか今さらながら緊張してきてしまった。
「さおり先輩、遅いなぁ…」
私はあまりに緊張しすぎてトイレに行きたくなってしまった。
「遥どうしたの？」
「ちょっとトイレ行きたくなっちゃって…すぐ戻るから、もしさおり先輩来ちゃったら言っといてもらえる？」
「分かったよー！」
今日はケン君が週番の日でみわちゃんはお手伝いで残っている。…本当にあの二人って仲良しだな。羨ましい。
そんなことを考えながらも、トイレに向かったが、中ではたくさんの女の子がお化粧直しをしていた。
なんだかとても入れない雰囲気で私は同じ階にある別館のトイレへと向かった。
別館は図書室のような特別室が主で、普段はあまり人気がない。トイレを覗いてみるとやっぱり誰もいなかった。
「よかったぁ…」
私がトイレに入ろうとすると、いきなり背後からおもいっきり背中を押された。
──────…………
────…………
──………

その頃教室には、
小走りでさおりが遥を迎えに来ていた。
「ごめんね～遥ちゃん！　担任の話が長くて…」
しかし教室を見回すが遥の姿はなかった。
「…あれ？」
そんなさおりに気付いた美和がさおりのもとへ駆け寄ってきた。
「あっ！　遥、今トイレに行ってるんです‼　なんか緊張しちゃったみたいで…」
「そうなんだ…じゃあちょっと見てくるね」
さおりはすぐ近くにあるトイレに向かうが中を見ても遥の姿はなかった。
「…‼」
さおりは急いで教室に戻りまた美和に聞いた。
「ねぇ⁉　遥ちゃんってどれくらい前にトイレに行ったの？」
さおりの問いかけに美和もハッとした。
「そう言えば…トイレに行ってからもう10分はたってます。もっもしかして遥、またあの先輩達に…⁉」
「もしかしたらそうかも。
ごめん、心配だから一緒に遥ちゃん探してもらえないかな？」
「はっはい‼　もちろんです！」
話を聞いていたケンも一緒に遥を探し始めた。
さおりは心配になり三月にも連絡をした。
――――――…………
―――――…………
――――……

別館トイレ─…
強く背中を押されたせいで私は倒れてしまった。
倒れたときにすりむいてしまい膝からは血が溢れてきてしまっていた。
そして顔を上げようとした瞬間…
「きゃぁ！」
どうやら水をかけられてしまったようだった。
そう気付いた瞬間、さらに水が入ってたバケツも投げられ、額に直撃し額からも血が溢れ始めた。
そしてゆっくりと顔を上げると、
そこには昨日の先輩達が立っていた。
「いい様ね！」
「あんたさ、昨日私達が言ったことがちゃんと理解できてないようだったね」
「昨日、うちらがあんなに言ったのに今朝さっそく三月と話してたでしょ？」
やっぱり、見られちゃってたんだ。
「口だけでは分からないみたいだったから。これでもう分かった？　これ以上、三月の周りをうろちょろするんじゃないよ⁉」
その言葉に私は思わず言葉が出てしまった。
「それは、できません！」
「……‼　ハァ⁉」
「私…斎藤先輩のことが好きなんです‼　たとえ先輩にとって私は遊びだとしても、私が先輩を好きな気持ちは変わらないし…あなた達に私の気持ちまで指図されたくありません！」
「……‼」
私の言葉に先輩達は怒りを顕にした。

そして一人の先輩が近くにあったデッキブラシを手にとった。
「もっと痛い目みないと分からないみたいだね」
そして、思いっきりブラシで私を殴った。
殴られた箇所に激痛が走る。
それから他の先輩達も用具室からブラシやほうきを持ってきて私を囲んだ。
「あんたが生意気だから悪いんだからね」
ダメだ、
殴られる！
そう思ったとき、思わず目を瞑ってしまった。
と、そのとき!!
思いっきりトイレのドアが開いた。
「てめぇら遥になにしてんだよっ！」
その声は聞き覚えのある声で、そっと目を開けるとそこには息を切らし、肩で呼吸をする斎藤先輩が立っていた。
先輩？
「あっ…三月っ」
「わっ…私達はただ、三月のために…」
先輩が現れた途端、先輩達の態度が一変する。
「うっせぇ!!　さっさと出ていかねぇといくら女でも殴るぞ！」
先輩の剣幕に驚いた先輩達は足早にこの場を去っていった。
ホッとした安心感と先輩が来てくれた嬉しさで、思わず涙が溢れてきてしまった。
「遥ッ!!」
先輩が私のもとへ駆け寄ってきた。

私、
朝、先輩にあんなに酷(ひど)いこと言ったのに…
「大丈夫かっ？　遥」
私を探しにきてくれた。
「せんぱぁい…」
私はただだ、
本当に素直に嬉しくて、
思わず先輩に抱きついてしまった。
すると、先輩も力いっぱい抱き締め返してくれた。
「ごめんな…俺のせいで…」

この時、
先輩の胸の中が本当に安心できて。
私はいつの間にか、先輩のことがこんなに好きになってしまっていたんだと実感せずにはいられなかった。

遥をプロデュース。

結局あの日は、さおり先輩に家まで送ってもらった。
それから風邪を引いて寝込んでしまい、学校には行けないまま夏休みを迎えた。
休んでる間、みわちゃんやケン君はもちろん、さおり先輩もお見舞いに来てくれた。
…だけど。
先輩は一度も来てくれなかった。
私は家にいる間、ずっとずっと先輩のことばかり考えていた。
そして、夏休みに入り三日目、
私はすっかり元気になっていた。
すると、
私のケータイにさおり先輩からメールが入った。
「さおり先輩だっ…」
メールの内容はちょっと用事があるから会わないかという内容だった。
私も久々に家を出たかったし、お母さんに了解をもらってさおり先輩と午後に駅で待ち合わせをした。
────────…………
──────…………
───……

待ち合わせの駅に行くと、さおり先輩はもう来ていた。
「遥ちゃーん！」
さおり先輩の私服姿はとってもきれいで通りすがりに男の人達みんな振り返って見ている。
「すみません、遅くなっちゃって」
「ううんー！　こっちこそ急に誘っちゃってごめんね。…じゃあ行こうか」
「えっ…行くってどこへ？」
「いいからいいから」
スタスタと歩き始めてしまったさおり先輩の後に私も急いで続いた。
しばらく歩き、辿り着いた場所は有名ブランドの化粧品店。
「えっ…ここは？」
「さっ！　入りましょ」
さおり先輩が私の手を引っ張り中へ連れ込んだ。
「いらっしゃいませ」
中に入るとそこはまるで別世界のようだった。
「この子に合うメイクをお願いします」
「かしこまりました」
「えっ！　さっ、さおり先輩っ!?」
椅子に座らされ、すぐスタッフに化粧され始めた。
周りにある化粧品を見るとどれもすごく高そうだった。
しばらくすると鏡の前にはまるで別人の自分がいた。
「きゃ〜遥ちゃん可愛い」
「すっ…すごいですね、メイク一つでこんなに変わるなんて…」

「遥ちゃん、元がいいから。それじゃあこの子にメイクの基本を教えてもらってあとそれに使ったメイク道具一式ください」
「はい」
!!!　えっ!?
「えっ！　さおり先輩っ！　いくらなんでも…！」
「いいの。気にしない気にしない！」
結局、使った化粧品全部買ってもらってしまった。
「さて次は…」
そう言ってさおり先輩は今度は美容室に私を連れてきた。
「この子に合うヘアースタイルでお願いします」
「さおり先輩―…」
「夏なんだしイメチェンしなくちゃ！」
数時間後、
真っ黒だった私の髪はナチュラルなピンクブラウンになって。
ストレートロングだった髪は少しカットして毛先が巻かれている。
「遥ちゃん、ほんっとうに可愛い」
「さおり先輩、私お金持ってないです」
心配になり、こそっとさおり先輩に言った。
「大丈夫！」
そう言ってさおり先輩は支払いに行った。
「さおり先輩いくらなんでも！」
「いいから」

美容室を出るとまた有無を言わさず連れてこられたのは、誰もが知っているブランドのお店だった。
中に入ると早速さおり先輩は洋服を選び始めた。

適当に服を選んでさおり先輩が私に手渡した。
「遥ちゃん、これ着てみて」
「はぁ…」
言われるがまま無理矢理試着室へ入らされ渡された服を着てみた。
「うわぁー…可愛い服」
すると、試着室の外からさおり先輩の声が聞こえてきた。
「遥ちゃん！　サイズはどう？」
「あっ！　ぴったりです」
「じゃあ次はこれね」
そう言って渡されたのは。
ちょっとしたおしゃれなドレス。
ふと、値札が目に入った。
……!!!
見た瞬間、あまりの高額にびっくりした。
「こっこれ1枚で10万円…」
私はさっき試着した服の値札も見るとこちらも8万円だった。
これ試着したら一刻も早くこのお店を出よう。
こんなに高い服、さっきみたいに買ってもらうわけにはいかないよ。
私は急いでドレスを着て外に出た。
「うん。これなら文句言われないわね！」
「えっ…？」
「あと、それに合うバッグがこれで…普段着用にこれとこれと…」
さおり先輩はまたたくさんの量の服を選び始める。
「ちょっ…！　ちょっとさおり先輩？　さすがにこれは買って

もらうわけにはいきませんよっ！」
「いいのよ」
「えっ…？」
さおり先輩は服を選びながらゆっくり話し始めた。
「実はね、今日は三月にお願いされたの」
―……‼
「三月が遥ちゃんはちゃんとすれば絶対いい女だからやってきてくれって。そうしたら周りにも、なにも言われないだろうって」
うそ―…先輩が？
「三月…この前のことかなり気にしていて…本当は何度も遥ちゃんにメールや電話しようとしてたし、家の前までも何度も行ってたのよ？」
そう言ってさおり先輩は笑った。
「あんな三月、初めて見たから。しゃくだけどちょっと協力してあげたくなっちゃったの」
そして、さおり先輩は私にある紙を差し出した。
「ここで三月が待ってるから。行ってあげて」
「これは…？」
渡された紙を見るとそこには近くにあるホテルの名前が書いてあった。
「三月が遥ちゃんと一緒に食事したいんだって。病み上がりだから栄養つけさせるって！　ふふふ…あいつも可愛いトコあるでしょ？　ロビーにいると思うから。荷物は私が家まで運んでおくわ」

もちろん私は、急いで紙に書かれていたホテルへと向かった。

先輩にプレゼントされたドレスを着たまま。
―――――――…………
―――――――…………
―――――――……

ホテルに到着し、中に入ると、ロビーにはたくさんの人が溢れていた。
「先輩どこだろう？」
探し始めて少しして、時計を気にしながら立っている先輩を見つけた。
先輩もおしゃれなスーツを着ていて一瞬、いつもと感じが違くて分からなかった。
…いた！
高鳴る胸を押さえながら、ゆっくりと先輩に歩み寄る。
それに気付いた先輩は、変わった私を見て少し驚いていた。
「あっ！　あの、こんばんわ…」
なんだかあの日以来で、先輩に会うのは久しぶりだからすごく照れちゃう。先輩の顔がちゃんと見れなかった。
そう思っていた瞬間、急に先輩に抱き締められた。
「せっ…先輩っ!!　人がたくさんいますから！」
そんな私の言葉とは裏腹に先輩はさらに抱き締める腕の力を強めてきた。
「すっげぇ可愛い。最初、遥だって分かんなかったよ」
先輩…
先輩だって…
いつもと雰囲気が全然違って…私、さっきからドキドキしっぱなしだよ？

それから先輩に連れられて、ホテルの最上階にあるレストランに連れて行ってもらって、今まで食べたこともない料理をごちそうになった。
料理はとてもとてもおいしかったけど、先輩が目の前にいてすごく恥ずかしくてあまり料理の味は覚えてなかった。
デザートを食べ終わり休んでいると、先輩が真剣な面持ちで口を開いた。
「遥。本当にこの前はごめんな？　それに黙っていてごめん」
先輩の言葉に思わず胸が高鳴る。
「だけど、婚約者って言っても親同士が勝手に決めたことで、相手だってちゃんと彼氏がいるんだ。それでも親が二人同じ高校に入れようとしたから、俺は親には内緒でここの高校を受験して無理矢理こっちに入ったんだ」
そうだったんだ…
「俺…本当、昔っから女と遊びまくってたから…すぐには信用してもらえねぇかもしれないけど、今は本当に遥のことをすっげぇ大切に思ってるから、それだけは信じてもらえる？」
先輩の言葉に、私はただ頷くだけで精一杯だった。
先輩の言葉がものすごく嬉しくって涙が出そうになってしまった。

私も早く伝えなくちゃ…
そう思っていてもなかなか言葉が出てこなくて、言い出せなかった。
「そろそろ出よっか」
どうしよう…ちゃんと私も伝えたいのに。

会計をすませ、私と先輩はエレベーターに乗った。
言わなくちゃ…そう思い勇気を出して言葉を出した。

「あのっ…！」
そう言いかけたとき、ちょうどエレベーターがついて先輩は先に降りていってしまった。
「先輩っ！」
私も後を追って急いで降りたが、周りの雰囲気の違いに気付き思わずエレベーターの前で足が止まってしまった。
「あれ…？」
そこはさっき先輩と待ち合わせをしたロビーではなかった。
しかし、先輩はスタスタと先に進んでいく。
「先輩！」
私が呼んでも先輩はこっちを見てくれない。
少し歩いてある場所で急に立ち止まった。
そこは、ホテルの部屋の前だった。
「えっ…？」
ここって…？　思わず顔が赤くなる。
ドアの前に来てやっと、
先輩がこっちを向いてくれた。
なんか、先輩の顔が赤い気がする。
「遥…もし、嫌だったら帰っていいから…」
そう言って、先輩はそっと私に手を差し出してきた。
そんなの…
嫌じゃないに決まってる。
ドキドキしながらも。
そっと先輩の手を握った。

すると、
つないだ手が強く握り締められて、手をつないだまま部屋に入った。
私の緊張は高まるばかり。
どうして先輩と一緒にいるとこんなにドキドキが止まらないんだろう。

部屋に入るとすぐ先輩に抱き締められた。
そして先輩の手が私の頬に触れる。
「遥…──」
先輩の唇が私の唇にそっと触れる。
久しぶりのキス。
だけどすぐに唇が離れた。
「今日は嫌がらないの？」
先輩の言葉に顔が赤くなってしまった。
嫌じゃない。
ひと言だけなのに、
その言葉がすっごく恥ずかしくて言えない。
そんな私のおでこに先輩がキスをした。
「よかった。傷、残らなかったな」
…先輩。
「痛い思いさせちまって本当にごめんな？」
私は精一杯首を横に振った。
ちゃんと、
私も先輩に伝えなくちゃ！
「せっ…先輩！」
やっと言葉が出た。

「なに？　…どうしたの？」
先輩がじっと私の顔を見つめる。
「あっ…あの、私も先輩に言いたいことがあって」
「うん？」
どっ…どうしよう。言葉が出ないよぉ…
そんな私を先輩は抱っこしてベッドに腰掛け、私を膝の上に座らせた。
先輩と同じ目線。
先輩の瞳の中には私がうつってて。
それがまた恥ずかしさを増す。
「遥…？　どうしたの？」
私は勇気を出して言葉に出した。
「私も……好き」
「えっ…!?」
やっと言えた。
私は恥ずかしくて先輩の顔を見れずにいた。

少したっても、
先輩はなにも言ってくれなかった。
なんでなにも言ってくれないんだろう。
なんか
不安になっちゃうよ。
私は気になって、そっと先輩の顔を見た。
…すると、
そこには顔を真っ赤にした先輩。
「…先輩？」
私の声にハッとする先輩。

「…ビックリするだろっ！」
顔を隠しながら照れたように先輩が言う。
なんだかその姿がとってもおかしくって可愛くって…
思わず私は笑ってしまった。
「遥っ！　なに笑ってんだよ！」
そう言って先輩は私のことを強く抱き締めた。
そして私の顔を覗き込んできた。
「ねぇ、遥…さっきの言葉、本当？」
赤くなりながら先輩がそっと私の顔を見た。
私はゆっくりだけど頷いた。
その瞬間また先輩に強く抱き締められた。
「どうしよう…俺、すっげぇー嬉しい」

その言葉に私も嬉しさがこみあげてきた。
そして再びまた私の顔を覗き込んできた。
「俺も、遥のこと大好き…」
その言葉にまた苦しいくらい胸が高鳴った。
そして先輩がキスしてきた。
すぐに舌が入ってくる。
私も先輩の舌に自分の舌をからませた。
それがすごく気持ちよくて…急激に体が火照ってきてしまった。
先輩の手が私の腰にまわって。
キスをされたままベッドに押し倒された。
先輩の手が私の頬や髪。
おでこに触れて
それがまたすごく心地よい。
しばらくして先輩の唇が離れる。

まただ…
先輩の顔がすっごい色っぽくって…
胸が締め付けられるくらい苦しくなった。
「遥…今日こそ最後までいくよ？　もう我慢できねーから…」
先輩の顔が私の首元へ。
耳を甘噛みされて。
ゆっくり首を舐められて。
今まで感じたことがない感情に襲われる。
「…っ…！」
気持ち良くて。
思わず声が出そうになってしまった。
それに気付いた先輩は私の顔を覗き込んできた。
「遥、気持ちいいの？」
そんなこと言えるわけないよ。
「遥、我慢しないで声出して…？
俺にもっと遥の感じてる声を聞かせて？」
先輩の声にますますドキドキしてしまう。
先輩の舌が胸元に…
ふと私はお風呂に入ってないことに気が付いた。
「せっ…先輩‼　ちょっと待ってください‼！」
「なに？」
突然止めたからなんだか先輩は不機嫌そうだった。
「さっ…先にお風呂に入らせてください！」
「いいよ、俺、気にしないし」
そしてまた先輩は私の胸元に。
「せっ先輩っ‼　お願いだから…」
「…分かったよ」

必死のお願いにやっと分かってくれて先輩は起き上がった。
よかった。
「その代わり、俺も一緒に入る」
「えっ…いっ一緒にですか!!??」
思わず赤面してしまう。
「そう。俺、先に入ってるからあとからおいで？」
そう言って先輩は先にお風呂に行ってしまった。
どっ…どうしよう！
一緒にって…
無理だよぉー…

お風呂場から先輩の私を呼ぶ声が聞こえる。
いっ行かなくちゃマズイよね。
意を決して、
お風呂場に向かった。
脱衣所には、先輩の姿はなかった。
「もう入っちゃったんだ」
お風呂の中から先輩の声が聞こえた。
「遥、来たの!?」
「はっ…はい！」
「早くおいで？」
「はっはい!!!!!」
私はゆっくり着ている服を脱いだ。
そしてタオルを探し、体にきつくまいた。
「…よし!!!」
これでタオルを外さなければ全然大丈夫!!!
ふと、脱衣所にある鏡に映る自分の姿が目に入った。

「…やっぱり恥ずかしい」
いくらタオルをまいてるからっていっても足はまる見えだし。
胸元まで出してるし。
「遥？」
えぇーい!!!
どうせ湯気でそんなに見えないよね⁉

私はそっとお風呂の中に入った。
お風呂の中は思った以上に広くてびっくりした。
浴槽の中には先輩が入っていた。
「やっときた…はやくおいで？」
先輩の髪は湯気で少し濡れていて、
そんな先輩はとっても色っぽさが増している。
「ほら、早く」
私はうなずいてそっとお風呂に入った。
よかった。
お湯が白いからあまり見えないや。
「遥？　…なんでそんなに端っこにいるの？」
「だっ…だって！」
こうしているだけで、
こんなに緊張しちゃってるのに。
先輩のそばになんていけないよぉ―…

そんな私を見て、逆に先輩の方から私の方に来た。
「せっ…先輩っ!!」
「なに？　…あんなに離れてたら一緒に入った意味ないだろ？」

そう言って私を抱き上げ先輩の膝の上に私を座らせた。
先輩の肌と私の肌が触れて、思わず体が熱くなる。
「なんでタオルまいてんの？」
そして。
先輩は私のバスタオルを外した。
「!!　先輩っ！　ダッダメですっ…！　恥ずかしくて…」
私は下を向いてしまった。
「だめ。…ちゃんと遥を見せて？」
そう言って先輩はキスしてきた。
そしてそのまま私の口や頬…鼻を舐める先輩。
そして力いっぱい私を抱き締めた。
先輩の肌があたってすごく心地よい。
そして、またキス…あまりに激しいキスと緊張で、
のぼせてしまいそう。
そして先輩の手が私の胸に触れた。
「…ッあっ！」
思わず声が出てしまった。
はっ恥ずかしい…
「遥、すっげー可愛い…」
胸を揉みながらキスしてくる先輩。
私のからだは熱くなりすぎて体中が火照ってる。
あっ…
なんかヤバイ…
そう思った瞬間、私の目の前は真っ暗になり、
遠くで先輩の私を呼ぶ声が、やまびこのように聞こえた…
――――――…………
―――…………

――………

気が付くと、私はベッドの上に横になっていた。
「あれ…？」
隣を見ると、先輩が心配そうに私の顔を覗き込んでいた。
私はさっきのことを思い出し布団で顔を隠してしまった。
「遥？　どうした？」
「はっ…恥ずかしくて…」
先輩は私がかぶっていた布団を取る。
そして手が私のおでこに触れる。
「もう大丈夫だな」
先輩の手がやさしく私の頭に触れた。
「ごめんな？　気が付かなくて…」
私はブンブンと首を横に振った。
「私の方こそ…迷惑かけちゃってごめんなさい…」
「全然。それに遥の裸、全部見れちゃったしな」
「えっ？」
そっ…そういえば私…今、服着てる？
先輩の言ってる意味が分かって、みるみるうちに私の顔は赤くなってしまった。
「今日はこのまま寝よう？　今度、続きいっぱいしような？」
そう言って先輩は私にやさしいキスをした。
なんだか、ものすごく恥ずかしくて、
私はまたのぼせそうになってしまった。
先輩と両想いになれたこの日を私は一生忘れないと思う。

2学期―突然の転校生―

9月1日。
朝―…
夏休みもあっという間に終わってしまって。
今日から2学期が始まる。
「あっという間だったなぁー…」
私はコルクボードに貼ってあるたくさんの写真たちを見た。
今までは、みわちゃんとケン君と撮った写真ばかりだったけど、今年は先輩との写真のほうが多い。
先輩は、部活の休みの日は色々な所に連れて行ってくれた。
海にプールに、映画や遊園地…
それにディズニーランドにも連れて行ってくれた。
すっごい楽しかったな。
だけど、
毎日のように会っていたのに、実はいまだにエッチしていない。
なんか…いつもタイミングが悪くて。
だけど、
先輩との距離はすっごい縮まった気がする。

そうそう、夏休みの間に化粧を覚えてみわちゃんとケン君に会ったら、私の変身ぶりにすごく驚いてた。

だけど、すっごい誉めてくれた。
自分がこんなにも変われたのも、先輩のおかげ。

「遥ー‼　早く下におりてきてご飯食べちゃいなさい！」
下の方からお母さんが私を呼ぶ声が聞こえた。
「はぁーい‼」
下に行くと、おいしそうなご飯の匂い(にお)が部屋一面に広がっている。
「ほら！　遥、早く食べちゃわないと間に合わないわよ？」
「分かってるよ」
私は席に座りご飯を食べ始めた。
「それにしても遥…すごくきれいになったわね」
「えっ…？」
「お母さん、嬉(うれ)しいわ。遥ったら高校生になっても化粧の一つもしなかったんですもの。彼氏でもできたの？」
「そっ…そんなのいないよっ！」
やっぱり、まだ恥ずかしくて先輩のこと親には言えない。
私は急いでご飯を食べた。
「それじゃあいってきます‼」
そう言って足早に家を出た。

玄関を出ると、家の前にはなぜか先輩が立っていた。
「先輩？」
私の声に気付いた先輩はこっちを見てにっこり笑った。
この笑顔に最近いつもやられてしまう。
「先輩、どうしたんですか⁉　先輩の家からうちまでかなり遠いのに…」

そう言うと先輩が私の鼻をつねった。
「遥と一緒に行きたいからに決まってるだろ？　それに…遥、すっげー可愛くなっちまったから心配だしな…」
照れ臭そうに先輩が話した。
そして私に手を差し出し、
「ほら！　早く行くぞ」
「はっ…はい！」
私は少し戸惑いつつも先輩の手に触れ、手をつないで一緒に学校に向かった。
本当に付き合い始めてから先輩はものすごく私にやさしくしてくれて、こんなに男の人にやさしくされたのなんて初めてだったから、いつもいつも戸惑っちゃってる。
でも相変わらずいつもエッチなことしてくるし、
たまに恥ずかしいこと言われたり、言わされたりしちゃってるけど。
でも、先輩は本当にやさしい。

ねぇ、先輩。
私も同じように先輩にやさしくできてるかな？
私と一緒にいて嬉しい気持ちになってくれてるかな？

学校に着くと、ちょうどみんなが登校する時間とかぶってて、たくさんの生徒がいた。
学校の中に入っていくと、なぜかたくさんの人に見られた。
うっ…
やっぱり先輩と一緒にいると無条件で注目されちゃうんだな。
恥ずかしい。

そして教室へと向かう階段の所へきた。
「あっ、えっと…先輩、それじゃぁまた…」
そう言って手を離そうとしたがなぜか先輩は私の手を離してくれなかった。
「先輩…？」
不思議に思い顔を上げて見ると、
なんか先輩はちょっと不機嫌そうにムスッとしている。
そしてそのまま無言で私の手を引っ張り、教室ではなくて図書室へ連れてきた。
「えっ…先輩？」
そのまま、またいつものように私をカウンターの上に座らせる。
「先輩？　どうしたんですか？」

少しして先輩が口を開いた。
「遥、気付かなかった？　色々な奴に見られてたの」
「えっ…？　そっ…それは、先輩と一緒にいたから仕方ないし…」
「違うよ!!　みんな俺じゃなくて遥のこと見てただろ??」
「……えー！　違いますよ！　私なんてみんな見るわけないじゃないですか！　みんな先輩がかっこいいから見てたんですよ」
私の頬に先輩の手が触れる。
「遥はもっと自分に自信を持ったほうがいいよ？」
その行為に、また胸が高鳴る。
「心配だな。あー!!　遥と一緒のクラスだったらよかったのに―…」
そんなこと言われちゃうとまた胸が締め付けられるように苦し

くなっちゃう。
そして、先輩が私にキスしてきた。

夏休み中、何回も何回もしてきたのに、
なんでいつもキスするたびこんなにドキドキしちゃうんだろう？
「遥…今度は遥からして？」
「…えっ⁉」
私はギョッとした。
「たまには遥からキスしてほしい…」
そっ…そんなこと言われても私からなんてできないよぉー…
そんな私の気持ちはおかまいなしに先輩は目を閉じて待っている。

先輩、目つぶってるし…
そう思い、私はゆっくり先輩の顔に近づき
先輩の唇に自分の唇を重ねた。
はっ…恥ずかしい〜。
「遥…そんなキスじゃなくていつもしているやつ…」
「そっ！　そんなの無理ですよぉ！　さっきだって、すっごく緊張しちゃって…っ」
そんな私を見て先輩はクスクスと笑ってる。
「本当に遥は可愛いーな…」
そう言って今度は先輩からキスをしてきた。
今度はいつもの深いキスを。
「ーンッ…」
先輩の舌がすっごく柔らかくて気持ちいぃー…

ずっとこうしてると、なんだかとろけちゃいそうになっちゃう。

なぜか、すぐ先輩はキスをやめた。
「さて…そろそろ行かなくちゃな」
「えっ…??」
もうちょっとしていたかったな…
「なに？　遥、もしかして物足りない？」
私は思いっきり首を横に振った。
「本当…？」
ニヤニヤしながら先輩が言う。
なんだか私の気持ちがみすかされているようだ。
「俺だってずっと遥とこうしてたいけど、出なきゃまずいしな」
先輩は急に私の首元に顔をうずめた。
「よし…俺のものだっていう証(あかし)…」
「えっ？」
まっまさか…
ボッと顔が赤くなってしまった。
「気を付けなくちゃ見えちゃうからな？」
「せっ先輩っ、なんでキスマークなんて…」
「男よけだよ」
そう言ってまた私にキスをした。
「じゃ、また放課後な？」
私の頭を撫(な)で、先輩は先に図書室を出ていってしまった。
私の胸はまだドキドキしっぱなし。
「どうして先輩ってこんなにドキドキさせるのが上手なんだろう」

ちょうど、始業の鐘が鳴り、
私も急いで教室へむかった。

急いで教室へ行くと、まだ担任の先生は来ていなくて私はホッとした。
教室の中に入るとなぜかみんなに見られている気がした。
きっ気のせいかなっ…？
私はカバンを置きみわちゃんとケン君のところへ行った。
「あっ！　遥遅かったじゃない！」
「うっ…うん、ちょっと…」
さっきのことを思い出し、つい顔が赤くなる。
「遥ちゃん熱でもあんの？　顔がちょっと赤いよ？」
「ううん！　そんなことないよっ」
私は慌ててごまかした。
「それにしても…」
そう言ってみわちゃんは周りを見渡した。
「み～んな遥のこと見てるね」
「えっ…？」
「遥、すっごく可愛くなったからみんなびっくりしてるんだよ!!」
「そっ…そんなことないよっ！　…みわちゃんに比べたら」
「な～に言ってるのよ！　遥はすっごく可愛いよ。ねっ！　ケン？」
「あぁ！　遥ちゃん、本当に変わったよ！」
「そっ…そうかな…？」
私は照れてしまった。
「うん。全部先輩のおかげだね！　…最近の遥、本当に幸せそ

うだし。見てるこっちまで幸せな気持ちになっちゃうよ」
「それ言うんだったらみわちゃんとケン君だってそうだよ？私、昔から二人を見てるといっつも幸せな気持ちになってるもん！」
「ありがとう！」
みわちゃんが嬉しそうに、にっこり笑って言った。
そこへ担任の先生が入ってきた。
それと同時にみんな急いで席につく。

「悪かったな、新学期早々遅れちまって…」
そんな担任の少しあとから見知らぬ男の子が入ってきた。
クラス中が少しザワつく。
「えぇ～お父さんの仕事の都合で転入してきた中嶋悠也君だ！」
なんだかブスッとした表情のままお辞儀をした。
なっ…なんだか怖いなぁ。
「えぇ～それじゃあ中嶋君がきたことだし…今日のＨＲは席替えしよう」
そして、席替えが始まりみんな順番にくじを引いていった。
順番になり私もくじを引いた。
番号と席順を見ると、窓際の一番後ろだった。
「遥ー！　何番だった？」
「ラッキーなことに窓際の一番後ろだったよ」
「いいなぁ」
「みわちゃんは？」
「私は真ん中の２番目だけど、嬉しいことにケンと隣同士なんだ」

嬉しそうにみわちゃんが言った。
「よかったねーみわちゃん」
「うん」
本当にみわちゃん嬉しそうだなぁー…
彼氏と同じクラスだと、こうゆうことだけでドキドキして嬉しくなったりできるんだよね。
私はさっき言われた先輩の言葉を思い出していた。
本当にそうだよ…先輩の言うとおり同じクラスだったらよかったのに…
そしたらもっともっと。
先輩と一緒にいられたのにな。
全員、くじを引き終わり、机を移動しはじめた。

自分の新しい席にいくと、前の席はあまり話したことがない女の子だった。
だけど席につくと、その子から話しかけてきてくれた。
「高嶋さん、よろしくね」
「あっ…こちらこそ!!」
うわー。
まさかあっちから話しかけてきてくれるなんて。
すごく嬉しい。
「高嶋さん、ほんっとうに変わったよねー！　びっくりした!!」
「えっ…？」
「それに！　高嶋さんって斎藤先輩の彼女なんでしょ!??」
「うっ…うん…」
『彼女』
っていう言葉にすごく照れてしまう。

「いいなぁ〜羨（うらや）ましい。
斎藤先輩の彼女なんてー!!!」
そんな話をしている時、
私の隣の席の人が移動してきた。
その人を見ると、
今日、転入してきた中嶋君だった。
うっそぉー…
私の隣の人って中嶋君だったの…?
すると、前の席の女の子が中嶋君に話しかけた。
「あっ…えっと!　中嶋君!　よろしくね」
「……」
しかし、中嶋君は口を開かなかった。
うっ…
なんだかものすごく気まずい雰囲気が流れた。
やだなぁー…
この席で２学期を毎日過ごさなくちゃいけないなんて、すごく気が重い。
————…………
————………

そして、始業式が終わり、今日は午前中で学校が終わった。

—部室
「へぇ〜遥ちゃんのクラスに転入生が来たんだぁ!」
「はい…だけど、なんだかすごく怖い人っていうか無愛想な人で…」
私とさおり先輩は、今日から部活が始まるので部室で二人お昼

ご飯を食べていた。
「まぁ、隣の席っていってもそんな話さないもんだし、あっという間に２学期も終わっちゃうよ」
「そうだといいんですけど…」
自然とため息が出てしまった。
「それにしても遥ちゃんお化粧上手になったわねー」
「えっ…？　そう、ですか？」
そう言ってさおり先輩が私の顔をまぢまぢと見てきた。
同じ女の人なのに近くでみると本当にきれいで無意識にドキドキしてしまう。
「…！　あらっ？」
さおり先輩が、私の首のキスマークに気付いた。
ヤバイ‼
慌てて手で隠したがすでに遅く、さおり先輩に見られてしまった。
「あっ…あのこれはっ！」
「ハッハーン！　さては遥ちゃん、ついにこの夏、三月とヤッちゃったね⁉」
さおり先輩の言葉に思わず顔が赤くなる。
すぐに思いっきり首を横に振った。
「えぇー‼　まだヤッてなかったの⁉　あの三月が相手なのに。逆にびっくり！」
「やっ…やっぱり先輩って経験たくさんあるんですよねぇ」
「あっ‼　大丈夫よ！　そんだけ三月は遥ちゃんのこと大切に思ってるんだと思うし‼」
「さおり先輩‼　おっ、同じ女として質問があるんですけど…」

「なっ…なに!?　遥ちゃん!!」
さおり先輩の顔つきも真剣になる。
「あのっ…その…さおり先輩は…キッキスとかしてると…もっとしてほしいなって思ったことありますかっ？」
「えっ？」
さすがのさおり先輩も、私の質問を聞いて赤面した。
だけどちゃんと答えてくれた。
「うん…そりゃー思ったことはあるよ？　やっぱり好きな人と早く結ばれたいって思うしね」
そっか、よかった。
私だけじゃなかったんだ。
「それにしても、なに？　三月の奴は遥ちゃんがそんなふうに思っちゃうくらいキスがうまいの!?」
「えっ!!?」
またさらに赤面してしまった。
「いいじゃーん！　私と遥ちゃんの仲なんだから教えてよ！」
「もう、すごく上手です。
なんかされるたび私はいっつもドキドキしちゃって！　そそれなのに、先輩ってばいつも恥ずかしいこと言ってきて…」
「う〜ん…三月って究極のＳね!!!」
「たっ…たぶん」
すると、さおり先輩は何かを思いついたように話してきた。
「ねぇ!!　たまには遥ちゃんから誘ってみたら!?」
「えっ!!?　さっ…誘うって一体っ!?」
「そりゃ二人っきりになったら、遥ちゃんからエッチしたいとかって言って三月に抱きついたりキスしたりしてさぁ」
ウキウキ顔でさおり先輩が言う。

「そっそんなの私には絶対無理ですよぉ!!!」
「えーっ…じゃあさ、さっき遥ちゃんが言ってたみたいにもっと、キスしてほしいなぁーって思ったときに素直にしてほしいって言ってみたら!? あいつＳだから絶対そんなこと言われたら戸惑っちゃうよ。…そんときは報告してよね」
「はっ…はぁ…」
でも今までだって何度かもっとキスしてほしい…って思っててても言葉にはできなくて。
からかわれるように言われちゃうと素直に言えなくなってしまって。
素直に自分の思ってることを言えたらいいのにな―…

そして練習が始まった。
先輩はすっごく真面目で部活中は絶対用がない限り話しかけてこない。
だから私はいつも部活中はずっと先輩を見つめてる。
だって本当にバスケをしている先輩の姿はかっこよすぎて、見てるだけでドキドキしちゃうんだもん。
さっき部室でさおり先輩とあんな話をしていたせいか、今日は余計に先輩のことを見つめてしまっていた。

部活も終わり、着替えてさおり先輩と部室を出るとそこには先輩の姿があった。

「三月！」
「おう！ …んじゃ俺は遥と帰るから」
そう言って先輩は私の肩を抱いた。

それだけで緊張してしまう。
「はいはい。んじゃ遥ちゃんまた明日ね！」
さおり先輩がニコニコ顔で見送ってくれた。
「なんだ？　さおりのやつ、不気味なくらい今日は機嫌がいいな」
「そっ…そうですね！」
少し歩いて、先輩が口を開いた。
「遥、まだ帰らなくても平気？」
「あっ…はっ、はい!!!」
「じゃー図書室行こうか」
そう言われて私と先輩は図書室に向かった。

中に入ると、とても静かでやっぱり誰もいなかった。
そして先輩は私の手を引っ張り、ソファーの上に腰掛けた。
「遥、おいで…？」
私は恥ずかしながらも先輩の膝の上に座った。
「遥、今日はすっげー俺のこと見てたよね？」
先輩、気付いてたんだ…!!
恥ずかしくなって思わず顔を下げた。
「どうしたの？　なんかあった？」
「いっいいえ！　…ただ見てただけ……です」
そう言うと先輩は微笑んで私を抱き締めた。
「やっぱ学校がはじまっちまうとやだなー。夏休み中みたいに遥とずっと一緒にいられねーし…」
そうゆうこと言われちゃうと本当にダメだ。
そして先輩は私を離し、顔を見て言った。
「今日、男に話しかけられたりしなかった？」

「はっ、はい」
「そっか。なら良かった。…男よけのおかげかな?」

そして、先輩が私にキスをしてきた。
先輩のキスはいつも本当に突然でさらにドキドキしてしまう。
何回も軽いキスをされて、なんだかもどかしくなってしまう。
そしてやっと先輩は深いキスをしてくれた。
今日はゆっくりと舌をからませられてなんだかじらされているような感じだった。
「なんか遥…最近すっげーエロい…」
そう言うと先輩は私を抱く手に力を入れてさらに激しいキスをしてきた。
私も先輩の舌を追うように合わせて動かして、
もうずっとここででもいいから続けて欲しかった。
そう思っていたのに、先輩の唇はすぐ離れてしまった。

「遥、そろそろ帰ろうか。けっこー遅くまで部活やってたからもうかなり外暗いし」
そんな先輩の言葉に私は思わず言葉に出してしまった。
「やだ…」
「えっ…?」
私の言葉に先輩が驚いた顔をした。
「まっ、まだ……やめないでほしい…です…」
そう言って私は自分から先輩に抱きついた。
「遥——?」
先輩はソファーの上に私を押し倒しおおいかぶさってきた。
「…遥からお願いされんなんて…キスがそんなに気持ちよかっ

たの？」
私は頷いてしまった。
「遥…今日どうしたの…？」
そう言いながら先輩の手が私の頬や耳、髪を触る。
「俺…そんなこと言われちまったら…本当にとまんねーからな…？」

そして、
先輩が激しいキスをしてきた。
私は自然に両手を先輩の首にまわした。

まさかこのとき
誰もいないと思ってた図書室に人がいて
この光景を見られているなんて
全く夢にも思わなかった。

中嶋君。

早朝。
部室…──
「えぇ～!!!　エッチしてるとこ先生に見つかったぁぁぁ⁉」
「さっさおり先輩っ！　シーッ！」
慌ててさおり先輩の口元を両手で押さえた。
「エッチはまだしてません。ただその、そうゆうことしてるトコを見回りの先生に見られちゃって。……それで、今日から1週間、先輩停学になっちゃったんです」
「だから三月、今日は朝練来てなかったのね。
そぉだよねー、あの三月だもん。目撃した先生も三月が無理矢理、遥ちゃんを襲ってたと思ったんでしょ？」
「…はい」
「まぁ、あいつは昔が日頃の行いがよくなかったから自然に先生もそう思っちゃったんでしょ！」
「なんか先輩だけ処分されちゃって申し訳なくて。先生に言われた時、本当のこと言おうとしたら先輩、私のことかばってくれて…」
「そっか。三月なりに遥ちゃんのこと、ちゃんと守ったんだね。停学になんてなっちゃったら遥ちゃん、きっと色々な噂されていやな思いしちゃうと思ったんだよ。…あいつも本当に変わっ

たね」

「でも、本当に申し訳なくて…」
先輩だけだなんて……
「じゃあさ！　今日、部活が終わったら一緒に三月ん家に行ってみようか!?」
「…えっ？」
「二人で行けば問題ないだろうし、きっと三月も喜ぶと思うよ？」
「私まで行っちゃって迷惑じゃないですかね？」
「大丈夫だよー！　一緒にいこ」
「……はい!!」
さおり先輩、気をつかってくれてるんだろうなぁ―…
本当にさおり先輩ってやさしいな。
私ってつくづく幸せ者だと思う。
私のことちゃんと考えてくれる人がたくさんいるんだもん。
「それにしても。っぷぷぷぷっ！　三月ってば遥ちゃんの。
『もっとして』発言に逆に燃えちゃったわけね。本当にどうしようもないS男だわね」
「さおり先輩〜！　もぉ、その話は恥ずかしいから言わないでくださいよっ！」
「だって～人のエッチの話って本当におもしろいんだもん。ましてや小さい頃から知ってる三月の話だから余計に」
「絶対、先輩には言わないでくださいよっ!?」

そう。
本当、昨日のことを思い出すと、

ものすごく恥ずかしい。

なんであのとき、
私ってばあんな大胆なことが言えたんだろう。

先輩
どう思ったかな？
あんなこと言っちゃって本当は引いちゃってたかな？
先輩とはあのまま別れちゃったから。
早く放課後にならないかな。
早く会いたいよ—…
——————…………
————………

教室へ行くと、まだ時間が早いからかあまり人がいなかった。
みわちゃんとケン君、まだ来てないのか。
私は自分の席へと向かった。
よく見ると、昨日、席替えをして隣になった中嶋君がもう来ていて席に座りヘッドホンで音楽を聞いていた。
うっ……！
中嶋君、もう来てるんだ。
前の席の子もまだ来てないし。
なんだか気まずい。
どうしよう、あいさつしたほうがいいかな？
でも、音楽聴いてるみたいだから話しかけないほうがいいかな？
そんなことをグルグル考えながらも席についた。

案の定、やっぱり私が来たことには気付いてないようだった。
それにしても音がうるさいなぁ——…
こっちまで聞こえてきちゃう。
そんなことを思いながら、カバンを机のわきにかけようとしたとき。
手が滑ってしまいカバンを落としてしまった。
しかもカバンのチャックが開いていて中身も出てしまっていた。
やっちゃった。はっ…恥ずかしい！
思わず顔が赤くなってしまった。
急いで立ち上がり落ちてしまった荷物を拾いはじめた。
すると…
「…はい」
「えっ…？」
顔をあげると、
中嶋君が私の落としたノートを拾って差し出してくれた。
「あっ…ありがとう！」
そして、残りの荷物も拾うのを手伝ってくれた。
「どうもありがとう」
「…別に」
そうそっけなく返事をしてまた中嶋君はヘッドホンを付け音楽を聞き始めた。
やっぱりなんだか無愛想な人だけど、
悪い人じゃない気がする。
だって、私だったらそんな話したこともない人の落としたものを拾ってあげる勇気ないもん。

その日、
なんだか中嶋君のことが気になっちゃって、目で追ってしまっていた。
休み時間はずっと音楽を聞いていて、
移動教室のときも一人で行動していて。
誰かと話したりしないのかな？
それとも男の子って一人で行動したいものなのかな？

───……昼休み。
今日は図書室当番の日で、私は図書室にいた。
みわちゃん達は委員会の集まりがあって私一人で来ていた。
だけどやっぱり、図書室には誰もいなかった。
「やっぱり誰もいないか」
そして、返却され積んで置いてあった本を持って本棚へ向かった。
途中、ふとソファーに目がいってしまう。

ついつい昨日のことを思い出す。
もし、昨日あのまま続けていたらどうなっていたのかな？
あそこまででもいっぱいいっぱいだったのに…
考えると恥ずかしくなってしまう。
世の中の女の子は、するときどんな気持ちなのかな？
ドキドキして心臓が壊れそうにならないのかな…？
私はいつも先輩に抱き締められるだけで胸がやばいくらい苦しくなるのに。

考えても仕方ない。

「早く本片付けちゃおう」
１つ、大きな溜め息をもらしながら作業に取りかかった。

「えっと…この本はたしかあっちに…っ‼」
前ばかり見て歩いていたからか、なにかにつまずいてしまい転んでしまった。
「っ…いったぁー…」
すると、後ろから声が聞こえた。
「わりぃ。…まさか気付くと思って」
「あっ…！」
そこには本棚に寄りかかりながら座り片手に本を持つ中嶋君の姿があった。
「少しは下も見たほうがいいぜ？」
「ウッ…うん‼!」
やだな。今日は恥ずかしいところ見られてばかりで。
そう思いながらも、ふと中嶋君が持っていた本に気付いた。
「中嶋君、その本好きなの？」
「あー、この本がってわけじゃねーけど、俺、本読むのが好きだから。ただ目についたやつ読んでるだけ」
そう言って中嶋君はまた本を読み始めた。
中嶋君が読んでいた本は、私が特にお気に入りの本だった。
なんだか私は中嶋君に親近感を覚えた。
そして、私は本棚からある本を持ってきて中嶋君にそっと差し出した。
「…なに？　これ」
「えっ…えっと私、その本の作者さんがすっごく好きで。同じ本読んでる人初めて見たから、なんだか嬉しくて。これ、もっ

とオススメだからよかったら…」
そう言うと中嶋君は私が差し出した本を受け取ってくれた。
「ふ～ん。…じゃあ、せっかくだから借りてく」
そう言って中嶋君は立ち上がった。
「これ、来週までにまた返せばいいんだろ？」
「あっ…うん!!!」
「あっ！」
そう言って中嶋君はズボンのポケットからなにかを取り出した。
なんだろう？
「…はい」
そう言って差し出されたのは私の作りかけのマスコットだった。
「あっ…それ！」
「朝、落としたのだろ？　俺の椅子の下にも落ちてて休み時間に拾ったんだ」
私はマスコットを作ってることがばれてなんだか恥ずかしくなってしまった。
「あっ…ありがと…」
そっと中嶋君からマスコットを受け取った。
「それと……」
いきなり腕をつかみ寄せられた。
えっ!?　なっ、なに？
そして私の耳元で中嶋君がそっとささやく。
「あまりセックスに積極的だと男に嫌われるよ？」
「…えっ？」
そう言うと中嶋君は私の腕を放し、何事もなかったように出ていった。

えっと…。
さっきの言葉、もしかして……

顔が思いっきり赤くなる。
昨日あのとき
誰もいないと思ってたけど、もしかして
中嶋君がいて、
見られちゃってたの⁉︎??

あまりの恥ずかしさと驚きで私はその場に座り込んでしまった。

中嶋君。2

この日の午後の授業には、私は全く集中できなかった。
隣の席にいる中嶋君ばかり見てしまっていた。
本当に見られちゃってたのかな…?
だけど、あんなこと言うんだもん。見られてたんだよね?
それにしても
あのときの私ってかなり恥ずかしいっ!
せっ積極的とか言われちゃったし。
本当、恥ずかしくて死んじゃうよ～!!!!!
——————……………………
——————………………

時間がたつのは早くて、あっという間に放課後になってしまった。
部活中も私は中嶋君の言葉が気になって集中できないでいた。
「遥ちゃん? どうしたの? さっきからずっと、うわの空じゃない?」
さおり先輩の言葉にはっと我に返る。
「あっ!! すみません」
そんな私を見てさおり先輩が笑いながら言った。
「今から三月のとこ行くからってちゃんと部活に集中しなくち

ゃダメよ？」
そうだった。
部活が終わったら先輩ん家に行くんだった。
あんなに楽しみにしていたのに。
すっかり忘れてたなんて。

そういえば私、
中嶋君に口止めしたっけ？
ううん!!!!
してないよっ!!!
中嶋君はあまり人に色々話すようなタイプじゃないと思うけど、
もし、
もしもだよ？
万が一言われちゃったら…？
サーッと血の気が引いた。

せっかく先輩がかばってくれて、
停学処分まで受けてくれたのに。

よし!!!!

部活がおわると急いで、
制服に着替えた。
「さっ、遥ちゃん、三月んとこ行きましょ」
「あっ！ あの…さおり先輩！ 今日、ちょっと用事思い出しちゃって…。先輩に謝っておいてもらっていいですか!?」
「えっ…あっ…」

「えっと、それじゃお先にすみません‼」
さおり先輩に一礼して、私は足早に部室を出た。

昨日だって、今日の昼休みだっていたんだもん。
もしかしたらまだいるかもしれない。
私は急いで図書室へ向かった。
――――――…………
――――――………

足早に図書室に向かいドアの前に立ち、軽く深呼吸をして、そっと扉を開ける。
すると、
中からかすかに音楽の音が聞こえてきた。
やっぱりいるっ！

私はそっと中に入り、かすかに聞こえる音の方へと向かった。
音楽は奥の本棚のほうから聞こえてきていた。
本棚の間からそっとのぞくと、やはり中嶋君の姿があった。
耳にはヘッドホン、手には私が昼休みに渡した本が。
私は勇気を出して声をかけた。
「あっ…あのっ！」
その声に気付き中嶋君がこちらを見た。
思わずドキッとしてしまった。
そしてヘッドホンを外し中嶋君は言葉を口にした。
「よく会うね。……なに？」
やっぱり中嶋君は無表情で、ちょっとなんか話しかけるのに戸惑ってしまう。

でも、いっ言わなきゃ‼
「えっと、その、昨日のこと…」
「あぁ!　…エッチしてたとこ?」
「‼‼‼」
やっやっぱり昨日のことをばっちり見られちゃってたんだっ‼!
思わず赤面してしまう。
そんな私を見て察してくれたのか。
中嶋君から口を開いた。
「安心しなよ。別に誰にも言うつもりないからさ」
「…本当?」
「そんなこと誰かに言ったって仕方ねーし。
そっちだって言われたらいやな思いしちゃうだろ?」
「うっうん…」
「分かってっから大丈夫だよ」
そう言って中嶋は初めて笑った顔を見せてくれた。
そんな中嶋君の笑顔に思わず胸がときめいてしまった。
「それよりさ、この本、おもしれーな」
「本当にっ⁉」
私は思わず大きな声を出してしまった。
あっ…
そんな私を見た中嶋君はまた笑いだした。
「意外におもしれー奴なんだな?　今どきマスコットなんて作ってるし」
ガーン。
やっぱり変だって思われてたんだっ!
「また今度、オススメの本があったら教えて?」

「うんっ…！」
思い出した。
中嶋君の笑顔誰かに似てると思ったら、
笑顔がすごく
中学のとき、初めてすっごく好きになって、
初めて付き合った人にとても似ているんだ。
————……………
———…………
——………

次の日。
「昨日はすみませんでした！」
私はさおり先輩に謝っていた。
「いいっていいって」
せっかくさおり先輩が私のことを思って誘ってくれたのに。
「…ちょっと言いにくいことだけど、逆に遥ちゃん、昨日来なくてよかったよ」
「…えっ!?」
「実は三月の親がいてさ…。三月の親は共働きで滅多にいなかったんだけど、やっぱ停学になっちゃったからちょうどいてさ…」
「親がいてなんでまずかったんですか？」
「うぅ～ん…なんていうか三月の親はうちらの親みたいのとはかなり違くて。とにかく癖のある人なんだ。…遥ちゃん来てたらちょっと言われたりしちゃってただろうし」
「……」
「あっ！　三月からで遥ちゃんは悪くないんだから気にすんな

だって。あとね、親がいたら大変だから家には来ないでくれって」
それを聞いて少し気分が重くなってしまった。

「ほらっ！　あと６日なんてあっという間だし。…三月もきっと遥ちゃんに会えなくて淋(さび)しいだろうからさ。メールでもしてやって？」
「はい…」
そうだよね。
ずっと会えないってわけじゃないんだもん。少しの我慢だよね。

朝練が終わり昇降口へ向かうとちょうどみわちゃんとケン君がいた。
「あっ！　遥おはよー！」
「おはようっ！」
私は二人の元へ駆け寄った。
「毎朝、朝練大変だな」
「そんなことないよ！　…楽しいし」
「今は愛しの彼氏は遥を守って停学中だけどあと少しすればまた会えるしね」
みわちゃんがからかうように言う。
「っもー！　みわちゃんってば！」
そんなことを話しつつ、私たちは教室へと向かった。
「あっ！　そういえば隣の席の中嶋って人、どう？」
「なんか、すごくいい人だよ？」
「なんで!?」
「実は…」

私は昨日のことを二人に話し始めた。

「へぇ。意外だな？」
「うんうん！　しかも笑顔が達也に似てるなんて、ちょっと見てみたいなぁ」
達也というのは、私が中学時代に付き合ってた人。
「話すと意外に気さくなかんじだよ？　みわちゃんとケン君も今度話してみなよ」
そんな話をしている間にあっという間に教室についた。
教室の中を見ると中嶋君の姿があった。
やっぱり今日もヘッドホンをつけて音楽を聴いていた。
私は今日は思い切って自分から挨拶をしてみた。
「おっ…おはよう！」
その問いかけに無愛想ながらも答えてくれた。
「おはよ」
なんかケン君以外の男の人と初めて友達になれそうで嬉しくなった。
この日、さっそくみわちゃんとケン君が中嶋君に話しかけて、いつの間にか四人で過ごすことが多くなった。
お昼も四人で屋上で食べるようになっていた。
「遥ー！　明日いよいよ先輩、停学がとけるね」
「うん」
嬉しくて自然と声も大きくなる。
「連絡はしてるんでしょ？」
「うん〜毎日メールや電話しているよ」
「ふ〜ん…電話でHなこと言われてんじゃない⁉」
ニヤニヤしながらみわちゃんが言う。

「なっ…そんなことないよっ!!!」
…本当は毎日、電話で言われちゃってるけど。
早く会いたいけど、
なんかすごいことされちゃいそうで怖い気持ちもある。
そんなことを考えてると自然と顔も赤くなる。
「あー!! やっぱりなにか言われてるね⁉」
「ちっ…違うってばぁ〜」
だけど、
やっぱり早く会って先輩の顔を見て、
先輩に触れたいな。
このとき中嶋君が私とみわちゃんがふざけ合っているのを神妙な顔つきで話を聞いていたなんて、
全然気付かなかった。
————………………
————……………

次の日。
まだ早朝5時半だけど、私は学校に来ていた。
校門には先輩の姿があった。
「遥!」
「先輩っ!!!」
急いで私は先輩のもとへ駆け寄った。
「…なんだよ。抱きついてくんねーの?」
「えっ!⁉」
びっくり発言に私は思わず赤くなる。
「くくく…。相変わらずのその遥の反応がすっげー可愛い」
そう言って先輩は私の頭を撫でた。

先輩の私の頭に触れる手がすっごく心地よかった。
「あっ！　それにしても、先輩、こんなに朝早く来てどうするんですか⁉」
「そんなの決まってんじゃん」
そう言って先輩が私を抱き上げた。
「キャッ！　せっ…先輩っ⁉」
そのまま先輩はなぜか校舎には入らず学校から遠ざかっていく。
「せっ…先輩ッ⁉　どこ行くんですかっ？」
「………」
なにも答えてくれない先輩。
それにしてもいくら早朝とはいえ、この今の状況は恥ずかしい。
途中、ランニングや犬の散歩をしている人たちは当然のように振り返ってみていく。
先輩、重くないのかな…？

しばらくすると、
先輩はある家の前で立ち止まった。
ふと表札を見ると。
―斎藤―
「えっ‼　ここ先輩ん家なんですかっ⁉」
「そう」
私を抱き上げたまま家に入る先輩。
「えっ…おっ親がいないんですかっ⁉」
「いる時間帯だからわざわざ学校で待ち合わせしたんだろ？
６時前には親は家出るから」
まさかこんな形で先輩の部屋に初めて入るとは…

中に入ると、すごくきれいに整理されたシンプルな部屋だった。
「よっと！」
やっと私をおろしてくれた。
だけどすぐ先輩は私を抱き締めた。
私の胸は急に激しくドキドキする。
「遥の匂いだー…」
そして、私を放し両手が私の頬に触れる。
久しぶりに見る先輩の顔は本当にかっこよくて、胸をより一層高鳴らせる。
「…そんな顔すんなよ。…止まんなくなんだろ？」
そう言って先輩がキスをしてきた。
久々のキス…
軽いキスを何回もずっとされた。
先輩の手が私の頬を離れ
腰へといくと、
キスも激しくなった。
先輩の舌が私の中に入ってくる。
いつもは息させてくれるのに今日はさせてくれない。
「んっ…!!」
苦しくなっちゃって、
先輩の胸を叩いた。

少ししてやっと先輩が口を離してくれた。
「今まで散々じらしやがって…今日はさいごまでだからな？」
「えっ？　でも部活…」
そう言いかけたときまた口をふさがれる。
「関係ない…。今は俺のことだけ考えろ…」

そしてまた何度も激しいキス…
ダメだ。
クラクラしちゃう…
あまりに先輩のキスが気持ち良くて、
私は立っているのがつらくなってしまった。
それに気付いたのか先輩は私をお姫様抱っこしてベッドへと運んだ。
「せっ…先輩！　私、来るとき走ってきたから汗かいてきちゃいましたよっ…！」
そんなのお構いなしに先輩は私の上に覆いかぶさってくる。

「ダメだって。散々待たせといて…」
そう言いながら先輩の顔が私の首筋へ…
「男避け、消えちまったんだな…」
「あっ…！」
思わず声が出てしまった。
だって、いきなりキスマークつけるんだもん。
「遥…さっきみたいな声もっと聞かせて？」
あまりの恥ずかしい先輩の言葉に顔がさらに赤くなってしまう
「そっ…そんなの恥ずかしいです！」
「なんで？　俺しか聞いてないじゃん」
いじわるそうな顔して先輩が言う。
「せっせんぱいだから恥ずかしいんじゃないですかぁ―…！」
ちょっと涙が出そうになってしまった。
「遥の泣き顔って本当にそそられる。そんな顔、ぜってー俺以外の男に見せんじゃねーぞ？」
そう言うと先輩がキスしてきた。

こんなこと。
先輩以外の人となんてきっと一生できないよ。

キスをしながら先輩の手が私のワイシャツのボタンへと伸びてきた。
思わずビクッとしてしまう。
やっ…やっぱりまだ心の準備がっ。
「せっ先輩っ！　やっぱりまだ…」
「ダメって言っただろ？」
そしてワイシャツのボタンをどんどん外されてしまった。
「せっ先輩っ‼」
「うるさい」
「っんっ…！」
そしてまたキスで口をふさがれてしまった。
ワイシャツのボタンが全部外され、先輩の手がブラのホックへと伸びる。
ここまでするとさすがに体で抵抗してしまった。
「わっ！　遥っ⁉」
「やっやっぱり怖いよぉ—先輩…」
私は思わず泣き出してしまった。
そんな私の涙を先輩は手で拭きさり目元にキスした。
そして私の涙を舐めた。
「ねぇ遥…遥は俺のこと嫌い？」
私は泣きながらも首を横に振った。
嫌いなわけない。
「遥は俺のものになりたいと思わないの？」
先輩の言葉にドキッとしてしまう。

「おっ…思うけど、やっぱり怖いです…」
すると今度は先輩の手がやさしく私の頭を撫でた。
「怖くなんかねーよ…頭の中、俺だけにして？」
そう言って先輩がやさしく頬にキスをする。
何回も何回も…
頬だけじゃなくて耳やおでこ…目元にも。
こうされてると先輩から何回も、
　『好き』
って言われてる気がするのは私だけかな？

私は自然と先輩の首へと腕をからませた。
「先輩……好き」
すると先輩が私の口にやさしく触れた。
「俺も大好き」
先輩のことだけしか考えられない。
怖い気持ちはいつの間にか消えていた。

今日こそ先輩としちゃうんだぁー…
そう思うと胸がキューって鳴る。
先輩の手がブラのホックに伸びたとき、
いきおいよくドアが開いた。
「みっつきぃ！　さぁ行くわよ!!　愛しの遥ちゃんに会いに！」
…と、元気よく部屋に入ってきたのは
さおり先輩だった。
「…あっ…」
思わず固まる三人…

結局、今回も先輩とはHできませんでした…
─────…………
────…………
───……

「アッハハハハハハ‼」
大声でみわちゃんが笑う。
「っもぉ‼　みわちゃんってば！　…そんな笑わなくてもいいでしょ」
朝練中は先輩、機嫌が悪くて大変だったんだから。
「ごめんごめん。あまりにもおかしくて。なんでそんなにエッチができないんだろうねー？」
「…うん、本当だよ」
「あれ？　そういえば、中嶋君まだ来てないね」
隣の席は空席のまま。
「本当だっ！」
いつもは早く来てるのに。
「めずらしいねー…」
まさかもう中嶋君は学校に来ていたなんて。
このときの私にはわからなかった。
───……
───…

中庭。
「ったくっ！　てめーなに今日に限って迎えに来てんだよ‼
　…せっかく遥もその気になってたのに」
「なによー！　せっかく停学がとけた愛しい幼なじみを迎えに

行っただけでしょ！　だいいち何朝から盛ってんのよ!!!」
「うっせーな！　学校だと邪魔されっから家でヤッてただけだろ！」
「だからって朝っぱらから遥ちゃん連れ込んだりして。少しは常識をもちなさいよー！」
そんなさおりと三月の背後から声が聞こえた。
「…斎藤先輩ですか？」
その声に二人が振り返ると。
そこには中嶋がいた。
「そうだけど…だれ？」
不機嫌そうに三月が言う。
「ちょっと先輩に話があって…」
そう言って中嶋はさおりのほうを見た。
「あー、じゃあ三月、私先に行ってるね？」
「…あぁ」
さおりはその場を足早に去った。
「…んで？　ヤローが俺に一体なんの用があるわけ？」
三月の問いかけに少ししてから中嶋が口を開いた。
「ちょっと宣戦布告をしに…」
「…はっ!?」
中嶋の言葉に三月の顔つきが変わった。
「一体なんの？」
「そりゃもちろん、恋の」
「…お前、遥のなんなの？」
「…今はただの隣の席の男友達です。…今んとこは…」
不敵に笑う中嶋。
そんな中嶋の態度にますます三月の怒りが増した。

109

「言っとくけど、遥は俺のもんだし、ぜってー渡さねぇからな！」
「俺はいつも、長期戦タイプなんで。とりあえず俺の存在を覚えておいてもらった方がいいと思って」
「上等じゃねーか。しっかり覚えといてやるよ！」
————————……………
————————……………
————————…………

まさかこのとき、先輩と中嶋君がこんな話をしていたなんて、私は夢にも思わなかった。

体育祭

「今日のHRは2週間後に行われる体育祭の実行委員を決める」
体育祭かぁー…
うちの学校では体育祭と文化祭、交互にやっていてちょうど今年は体育祭の年。
あまり運動が得意じゃないのに、今年が終わってもまた3年のときにあるのかと思うとため息が出てしまう。
できれば文化祭を2回やりたかったな。
「早速、決めようと思うんだが、まず立候補―」
クラスはシーンとなる。
「―…は、いないと思ったから先生がくじを作ってきた!」
それを聞いてみんなブーイングの嵐。
そりゃそうだよね。
誰だって実行委員なんてやりたくないよ。
私だって絶対やりたくないもん。
「じゃあくじ箱回すから1枚ずつ引いていけ」
先生は廊下側の一番前の子にまず渡し、くじ箱が回されていく。
当たる可能性は、はるかに低いけど、
それでもみんなやっぱり引くたびに緊張してる。
そしていよいよ私の元へも回ってきた。
どうかあたりませんように!!

そう心の中で強く願いくじを引いた。
１枚紙を取り次の人に渡す。
そして引いた紙を恐る恐る開けると、そこには赤ペンで書かれた、はなまるの姿が目に飛び込んできた。
えっ！　こっ…これってもしかしてまさか…
「よーし！　全員くじ引き終わったなー！　紙にはなまるが書かれたやつを引いた奴！」
やっぱりこれが当たりなんだ。
あきらめ、そっと手をあげた。
「おっ！　じゃあ実行委員は中嶋と高嶋だな」
えっ!?
先生の言葉に隣を見ると中嶋君が手をあげていた。
「今日の放課後から早速、集まりがあるからよろしくな！」
「あっ！　中嶋君、よろしくね」
「あぁ」
「でも中嶋君と一緒で少し安心したよ」
「……」
相変わらず言葉少ないなぁ。
だけど本当、全く話したことがない人とじゃなくって良かった。
――――――…………
――――――…………
―――――………

昼休み。
いつものように屋上で４人食事をしていた。
「しかし遥も悠也も災難だったね」
お弁当を食べながらみわちゃんが言う。

「本当だよー…」
思わずため息が出てしまった。
「でも、実行委員なんていったら体育祭までずっと放課後集まりあんだろ？　遥ちゃん、部活行けねーじゃん」
「そう！　それなんだよ‼　ケン君！」
部活は唯一、先輩に会える時間なのにな。
「悠也はいやじゃないのか？」
ケン君の問いかけに今まで無言だった中嶋君が口を開いた。
「…別に。それに、俺、けっこー学校行事とか燃えるし好き」
中嶋君の言葉に私たち三人はびっくりした。
「意外ー‼　悠也って学校行事に全く興味がないのかと思ってた！」
「俺も」
「わっ私も」
そんな三人を見た中嶋君は思わず吹き出した。
「っんだよそれ！　俺って一体どんなキャラだと思われてたんだよ！」
そんな中嶋君にまた私たちは釘付けになった。
「なんだよ」
そして少し照れながら言う中嶋君に私たちは顔を見合わせて思わず笑ってしまった。
こうやってこれからも４人で楽しい時間を過ごしていけたらいいな。

放課後になり、私は先輩に実行委員になってしまったことをメールで伝えて、中嶋君と会議室へ向かった。

「なんか嬉しいな」
「えっ⁉　なにが？」
私の言葉に中嶋君が不思議そうに聞いた。
「中嶋君が私やみわちゃん、ケン君と仲良くしてくれて。正直、助かったんだよね！　いつも三人でいて、私は二人の邪魔者なようなときがたまにあるから…」
「そっか。…みんないつから仲がいいの？」
珍しく中嶋君から話を振ってきた。
「えっと、私とみわちゃんはもうずっと小さい頃から仲良しで、ケン君とは中3の頃からかな？　ちょうどみわちゃんと付き合うようになってから自然と三人でいることが多くなったんだ」
「へぇ。なんかいいな」
「…えっ？」
「俺の親父は警察官でしょっちゅう引っ越ししてっからさ。ここにもどれくらいいるのか分かんねーし…」
「…そうだったんだ…」
「まっ！　体育祭が終わるまではぜってーいるから」
そんな話をしながら歩いていたらいつの間にか会議室についた。

会議室の扉を開けると、けっこう人が集まっていた。
無意識に辺りを見回すと、窓際に座ってる人に目がいく。
背高いなぁ━…あの人。
顔もなんかすごい整ってて、
なんか先輩に似てる。
んっ⁈！！　ちょっと待って。
よく見ると、
「先輩っ⁉」

思わず大きな声が出てしまった。
「遥‼」
私の声に気付き先輩がこっちへ来た。
「先輩も実行委員だったなんて…なんで言ってくれなかったんですか？」
「いや、ついさっき遥からのメール見て、代わってもらったんだ」
「えっ⁉」
「遥が実行委員になっちまったら会える時間が減っちまうしな」
先輩…
私は素直に嬉しかった。
「それに…」
ふと、先輩が中嶋君を見る目が変わった気がした。
「マジで交換してもらってよかったみたいだな」
「えっ？」
先輩がじっと中嶋君を見ている。

先に口を開いたのは。
中嶋君だった。
「はじめまして。先輩」
「あっ！　先輩、一緒のクラスの中嶋君っていうの。くじで一緒になって。えっと…中嶋君。私の彼氏の斎藤先輩」
先輩のこと『彼氏』って言って紹介するだけですごく照れてしまう。
私は恥ずかしくなって下を向いてしまっていた。
この時、まさか二人が激しい火花を散らしていたなんて気づくはずもなく。

「体育祭までよろしく」
「こちらこそ。先輩」

そして会議が始まり、1時間ほどたってやっと終わった。
「遙、部活行こうぜ！」
「先輩すみません、あの…」
私が先輩に言いかけようとしたとき中嶋君が口を開いた。
「すみません、先輩。俺ら1年は今からまた集まって自由種目決めなくちゃなんで…ほら、早く行こう」
「あっ！　うんっ‼　…先輩、すみません！　終わったら急いで行きますんで‼」
「あぁ、分かった。じゃあまた…」
不機嫌そうに先輩は言い先に出ていってしまった。

「先輩、どうしちゃったんだろ…」
なんか不機嫌そうだった。
なんか悪いことしちゃったかな？
「高嶋、早くいこ？」
「あっ、うんごめんね！」
中嶋君の後に続いて急いで会議室を後にした。

話し中も、私は先輩のことが気になって気になって、
話なんか全然頭に入ってこなかった。
話が終わると私は急いで部室へと向かった。
すると、
部室の前には、まだ制服姿の先輩の姿があった。
「先輩？」

私は急いで先輩の元へ駆け寄った。
「どうしたんですか？」
私の顔を見ると、先輩は何も言わないまま私のことを抱き締めた。
「せっ！　先輩っ!?」
突然のことにドキドキしてしまう。
「遥…俺のこと好き？」
「えっ!?」
突然の言葉に私の顔は一気に赤くなってしまった。
そしてゆっくり先輩が私を離し私の顔をじっと見つめる。

しばらく沈黙が続いた。
私のドキドキは
鳴りやんでくれなくて、
胸が壊れそう。

「せっ…先輩？」
私がそう問い掛けたとき、
先輩の表情が急に変わった。
「なーんてな！　ごめん!!　…遥の困ってる顔が見たくって、つい」
そう言って先輩は私の頭をおもいっきり撫でる。
「じゃ、着替えるから」
そう言って先輩は部室の中へと入っていった。
先輩…？　どうしたの？
いつもの先輩じゃないよ…

部活中も、あまり変わった様子はなかったけど、
私は先輩が気になって気になって目が離せずにいた。
私はどうしても気になって部活が終わったら急いで着替えて、
先輩を待っていた。
「遥⁉」
「あっ…あの！　一緒に帰ろうと思って…」
それに、さっきの態度が気になるし。
「図書室よってく？」
先輩が笑顔で言うから安心した。
「はっ、はい‼」

図書室へ行くと、私はすぐに奥の本棚など図書室中をくまなく
チェックした。
また中嶋君みたいに誰かいたらやだし。
「遥？」
先輩の言葉にハッとする。
「あっ！　いっいいえっ‼　なんでもないです！」
「そっか。」
先輩、本当にどうしたんだろ？
いつもだったら真っ先に抱きついてきたりキスしてきたりするのに…
べっ別にそうして欲しいわけじゃないけどっ！
私は一人で妄想して赤くなってしまっていた。
そんな私を見て当たり前だけど笑う先輩。
「あっはははは！　何一人で勝手に赤くなってんの？　俺、まだ何もしてないよ？」
その言葉に、考えていたことがばれた気がしてさらに恥ずかし

くなってしまった。
「そんなこと、ないです!!　それより先輩、今日なんかあったんですか?」
「えっ?」
「…全然いつもの先輩じゃないから」
私の言葉に先輩の表情が少し変わった。
だけどまたすぐいつもの先輩の表情に戻った。
「…遥はやさしいなぁ」
そう言って先輩は私を抱き締めた。
「本当になんでもねーよ。しいて言えば遥とやれねーからイライラしてるだけだよ」
その言葉に思わず赤面してしまう。
「んじゃ、明日も早いしそろそろ帰ろ?　…それに明日から体育祭の準備が始まるしな」
そう言って先輩は私を放した。
「はい」
なんだか腑に落ちない感じ。
先輩は帰ろって言って私に手を差し出した。
だけど、
先輩がそう言うんなら、別になんでもないんだよね…?
差し出された手に触れ私と先輩は図書室を後にした。

次の日から本当に忙しい毎日が始まった。
実行委員の仕事がこんなに大変だとは思わなかった。
そして相変わらず
先輩は変わらないように見えるけど
私に対する態度は変わっていった。

119

体育祭2

あの日から1週間が過ぎ、学校全体が体育祭モードに突入。
最初は全く乗り気じゃなかったクラスのみんなも、学校全体の波に押されてすっかりやる気になっている。
そうなってもらえると実行委員としてはすごく助かる。
運動が苦手な私でさえ、近づくにつれてちょっと楽しみになってきた。

ただ…
先輩とは、
はたから見たら全然普通に見えるだろうし、先輩の私に対する態度も変わらない。
ただ一つ違うのは、
先輩があれから私に触れてくれなくなった。
あんなに毎日のように、抱き締めてくれたりキスしてくれてたのに…
付き合うって、それだけじゃないって分かってるけど、
やっぱり、
ないと不安になる。

先輩、私に飽きちゃったのかな…？

最近ずっと、そんなことばかり考えちゃってる。
同じ実行委員でも、学年が違うから全く話せないし。
準備ばかりで部活にもほとんど行けてない。
たった1週間だけど、
この1週間が私にとってはものすごく長かったよ。

放課後。
今日は中嶋君と二人でプログラムをホチキスで止める作業をしていた。
単調作業を繰り返してるとやっぱりどうしても先輩のことを考えてしまう。
先輩はもう部活行ったのかな？
それともまだ、実行委員の仕事中かな？
「どうかした？」
中嶋君の言葉にハッとする。
「あっ！ …ううん！ なんでもないよ。ただ、あまりに単調作業過ぎてぼけーとしちゃってた」
「…なんか最近、ボーとしてること多いよね？」
「そっ…そうかな？」
私、そんなに態度に出ちゃってたかな？
「うん。なんかあった？」
本当は先輩とのこと、誰かに話したくて仕方なかった。
聞いてもらいたかった。
いつも話せるみわちゃんにもなんだかどう話していいか分からなくて。
最近、忙しいし。
「ううん‼ 本当になんでもないよ？ …ありがとう」

「そう？　別に話したくないならいいけど」

最近、思う。
実行委員でずっと一緒にいるからかな？
中嶋君のほんとに小さなやさしさとか気遣いがすごく私には大きくて、
今、こんな気持ちだからかな？
余計に嬉しくなっちゃう。
────…………
────………

この日は早く終わり、私は久しぶりに部活に顔を出せた。
部室で急いで着替えて足早に体育館へと向かう。
先輩、今日は来てるかな？
高鳴る胸を押さえ、そっと体育館を覗いてみたが、そこには先輩の姿はなかった。
「あっ!!　遥ちゃーん!!　今日は来られたのね」
さおり先輩が私の元へ駆け寄ってくる。
「あっはい!!　今日は早く終わったんで…」
「ちょうど今から買い出しに行くとこだったのよ！　一緒に行こう」
「はい！」

私とさおり先輩は近くにあるコンビニへと向かった。
途中、さおり先輩と他愛もない会話をしてたけど、
正直、全く頭に入ってこなかった。
そんな私に気付いたのか、

帰り道、さおり先輩が口を開いた。
「…ねぇ遥ちゃん。三月と何かあった？」
さおり先輩の言葉に思わずビクッとしてしまった。
…さおり先輩になら、言ってもいいのかな？
私より先輩のこと分かってる気がするし。
一瞬、そんなことが私の頭をよぎった。
「なんでもないですよ！　ただ…ここのところ、毎日体育祭の準備ばっかりで疲れちゃってて…」
私はせいいっぱい明るく言った。
そんな私を見たさおり先輩も、安心したのか笑顔になった。
「…そっか、…だけど、もしなにかつらいことがあったらいつでも私に言ってね？　私、遥ちゃんのこと妹みたいにすっごく大好きだから」
さおり先輩…
さおり先輩の言葉に思わず涙が出そうになった。
「…ありがとうございます」
なんでさおり先輩ってこんなにやさしいのかな？

体育館へ戻ると、みんなはいつもどおり練習していた。
だけど、
その中にさっきまではいなかった先輩の姿があった。
先輩も部活に来たんだ！
先輩の姿を見るのは久しぶりで、
今すぐにでも先輩の元へ行って話しかけたいけど。
部活中は絶対話してはいけなかったから、
私はグッと我慢をした。

そして、部活も終わり私はテキパキ片付けを済ませて急いで部室で着替えていた。
そんな私を見ていたさおり先輩が口を開く。
「遥ちゃん、そんなに急いでどうしたの？」
「あっ…えっと…」
私の顔が自然と赤くなる。
そんな私を見て察したのか、からかうようにさおり先輩が口を開いた。
「ははーん。さては三月だね？」
「…最近、あまりゆっくり会えなかったから…先輩と少し話したくて」
そんな私を見てさおり先輩はにっこり笑い私の頭を撫でてくれた。
「そっかそっかー！　三月は幸せもんだねぇ。遥ちゃんにこんなに想われてて！」
さおり先輩の言葉に胸が痛くなる。
ううん…
もう先輩は心のどこかで私のこと拒否してるのかもしれない。
私なんかに想われてても
あまり嬉しくないのかもしれない。

「じゃあ戸締まりは私がしてあげるから三月のとこ早く行きなさい」
「すみません！　ありがとうございます！」
さおり先輩に一礼して私は急いで部室を出た。
するとそこには同じように部室を出てきた先輩の姿があった。
……あっ‼

迷わず私は行ってしまいそうな先輩に声をかけた。
「先輩っ！」
私の声に先輩が気付き動いていた足が止まりこっちを見た。
「遥っ！　どうした？」
いつもの先輩。
いつもの先輩の笑顔に私はホッとした。
「あっ…あの‼　いっ、一緒に帰りませんか⁉」
なんだか思わず、かんでしまう。
いつもはすぐ帰ってくる返事が今日はなかなか返ってこなかった。

「わりぃ。今からまた教室戻って準備なんだ…」
「あっ…そうなんですか」
「わりぃな、遥…じゃあまた！」
そう言って先輩は行ってしまった。

そっか…
準備なら仕方ないよね。
私はそのまま、また部室に戻った。
戻ってきた私を見て、もちろんさおり先輩はびっくりしていた。
「どうしたの⁉　三月と一緒じゃなかったの？」
「あっ…えっと、先輩まだ体育祭の準備が終わってなかったみたいで…教室へ行きました…」
なんか言葉にするとすっごく切ない気持ちになってしまう。
「…じゃあさ！　三月待ってようよ！」
「えっ…でも」
「私も一緒に待ってるから！　…三月ともっと一緒にいたいん

でしょ!?」
私は黙って頷いた。
「あっ!　でも、私、一人で大丈夫なんでっ!」
「いいの。私が好きで一緒に待つって言ってるんだから!　それに三月が来たらお邪魔虫は退散するからさ」
さおり先輩…
私はあまりにさおり先輩の言葉が嬉しくって涙があふれてしまった。
「あっ!　もぉ～遥ちゃんってば泣かないの!」
私は黙って何度も頷いた。
だって本当にさおり先輩、すっごくやさしいんだもん。
それからさおり先輩と昇降口に近い中庭のベンチに座って、二人で他愛もない話をずっとしていた。
辺りは暗くなってきて、時計を見るともう7時半になろうとしていた。
「…それにしても、三月の奴おっそいわねー!」
「…………」
「ねぇ、さおり先輩。…私、こんな所で待ってて迷惑じゃないですかね?」
「そんなわけないじゃない!　…どうしてそう思うの?」
「…私、さおり先輩に嘘をついてました…。本当は私、ここ最近ずっと先輩のことばかり考えてて…」
私の話を黙ってさおり先輩は聞いてくれてる。
「最近、先輩が変なんです。私のこと避けてる感じがして…」
「どんな風に?」
「全然、いつもと変わらず接してくれるんですけど…なんか最近、全く私に…触れてくれないんです!」

「えっ!?」
恥ずかしい言葉に思わず赤くなる。
「…なんか、いつもの先輩だったらすぐ抱き締めてきたりキスしてきたりするのに…。…それってもう、私に飽きちゃったのかなって思って…」
…ヤバイ、涙が出そう。
「うぅ～ん…三月にしては珍しいわねぇ…。男には生理はないのに」
さおり先輩の言葉に思わず笑ってしまった。
「…あいつは、昔っから愛情表現がエロしかないような奴だからねー。…なんて言ったらいいかわからないけど、あいつはあいつなりに遥ちゃんのこと本気で考えてると思うよ？ 幼なじみの私が言うんだから。ねっ！」
私はさおり先輩の言葉が嬉しくって笑顔で頷いた。
「…よし!! じゃあ先輩がジュースおごってあげるから」
「そんなっ！ …悪いですよ！」
「いいっていいって」
そう言ってさおり先輩は足早に行ってしまった。

ダメだな。私。いつもさおり先輩に頼ってばっかりで。
そういえばいつも私の話ばかり聞いてもらっちゃってるけど、さおり先輩は今は恋愛してないのかな？
なんか気になるな。
そのとき。
「…なにしてんの？」
急に声がしたほうを見ると、そこには中嶋君がいた。
「中嶋君こそっ！ …こんな時間まで何してたの!?」

体育祭の準備が終わって別れてからかなりの時間がたっているのに…
「帰っても暇(ひま)だったから図書室で本読んでた」
「そうだったんだ」
「これ…」
中嶋君が私に１冊の本を差し出した。
「俺が一番気に入ってる本…」
「えっ…？」
「この前のお礼。ミステリーだけど、けっこー読みやすいと思う」
「あっ！　…ありがとう!!」
中嶋君から本を受け取った。
「早速帰ったら読むね」
その言葉に照れたのか中嶋君が顔をそらす。
「別に…」
なんだかそんな中嶋君が意外すぎて私は思わず笑ってしまった。
――――――――…………
―――――…………

「なにしてんの？」
突然の声に振り返ると、そこにはあからさまに機嫌が悪い先輩の姿があった。
「先輩っ！　準備終わったんですか!?」
私が立ち上がり先輩の元へ行こうとしたとき。
先輩の後ろに女の人がいるのに気付いた。
「…えっ…と…」
思わず立ち止まってしまった。

私を見たその人はにっこりと笑った。
「どうも。三月と一緒に実行委員なのよ。今までずっと二人で仕事してたの」
「あっ…そうだったんですか…」
やだな…
ただ一緒に準備してただけなのに、胸が痛む。
そんな私に、先輩は冷たい目線で言った。
「…で？　遥はなにしてたわけ!?　……あいつと」
いつもと違う先輩が、
怖くて別人に見えてしまった。
すると、中嶋君が口を開いた。
「…別に、たまたまここにいた高嶋と会って話ししてただけですよ。なっ？」
中嶋君の言葉に私は頷いた。
「俺は遥に聞いてんだよっ!!!」
先輩が声を張り上げた。
その言葉に思わず震えてしまう。
いつもの先輩とちがって、
怖くて、
言葉が出てこない。
「遥、なんとか言えよ」
と、そのとき。
「三月っ!?」
缶ジュース片手にさおり先輩が戻ってきてくれた。
さおり先輩の姿に思わずホッとしてしまう。
「あなたはっ…!!」
中嶋君を見たさおり先輩はなぜかおどろいた表情。

二人は知り合い？
「…俺、邪魔みたいだから帰るから。高嶋またな？」
そう言って中嶋君が行こうとしたとき、
「…待てよ」
先輩が中嶋君を呼び止めた。
「お前、どうゆうつもりだ？」
「先輩？　…なに言って…」
「俺は別になにもしてませんけど？」
その言葉にカッとなった先輩が中嶋君の胸ぐらをつかんだ。
「先輩っ！」
私は思わず先輩を止めた。
「遥っ⁉」
「先輩……急にどうしちゃったんですか？」
「うるせー離せ！」
「キャッ！」
先輩がおもいっきり腕をあげたから私は飛ばされてしまった。
それを見たさおり先輩は先輩の元へ駆け寄り、
思いっきり頬をたたいた。
「ってーな‼　てめーさおり何すんだよっ‼」
「それはこっちのセリフよっ！　…ずっとあんたを待ってた遥ちゃんに対してあんた何してんの？　…とにかくその手を離しなさい‼」
さおり先輩の言葉に先輩は戸惑いながらも中嶋君の胸ぐらを離した。
「…君、もう行って？」
さおり先輩の言葉に中嶋君は一瞬、私の方を見て何も言わず帰っていった。

「あんたも帰んな‼」
さおり先輩の言葉に一瞬ビクッとし何も言わず女の人は去っていった。
「それじゃ私は帰るから…」
…やだっ!
さおり先輩帰らないで‼
私のそんな顔を見て先輩は、
無言で足早に去って行った。
「ちょっと!　三月っ待ちなさいよ!」
さおり先輩の言葉にも振り返らず先輩は見えなくなってしまった。
私はホッとしその場に座り込んでしまった。
「遥ちゃん!　大丈夫⁉」
さおり先輩の顔を見ると、
思いっきり涙があふれてきてしまった。
「さおり先輩っ」
思わずさおり先輩の胸に飛び込んだ。
「遥ちゃん…」
私はしばらくの間、
さおり先輩の胸の中で泣いてしまった。
――――――……………
―――……………

先輩
どうしちゃったのかな?
いつもの先輩じゃなくて、初めて見る先輩ですっごく怖かった。
怖くて怖くて…

震えが止まらなくて…
言葉が出なかった。

私、先輩の考えてることが分からないよ。
なんで中嶋君にあんなに怒ったの？
なんで殴ろうとしたの？
先輩はそんな人じゃないじゃない。

あんな先輩は、
私の知らない人だったよ。

体育祭3

「遥ちゃーん‼　ハチマキってうちらのこれぇ⁉」
「うん！」
「遥ちゃーん！　うちらの出るやつって何時からだっけ？」

そう。
今日は体育祭。
朝からすっっごく‼　慌ただしいし、忙しい。
あの日から、先輩とは会ってもお互い話さない。
ううん…
私からは話しかけられないでいる。
なんて言ったらいいか分からないし、どんな顔して話しかければいいのか分からなくて。

部活にもあの日から行ってない。
先輩がもし来ていたら嫌だから。
さおり先輩とはたまにメールや電話で話してたけど、気をつかってか先輩の話はしてこなかった。
中嶋君とは…
中嶋君は大人だからかな？
次の日顔を合わせても普通に、

「本どうだった？」
って。
まるで昨日、何事もなかったかのように話しかけてきた。
私は朝からどんな顔していいのか分からなくてすっごいグルグル一人で考えていたのに…
それからも、中嶋君の口から先輩の話は出てこなかった。
だけどそれがすごく助かった。

ねぇ先輩。
先輩は今、なに考えてるの？
私はいつもいつも先輩のこと考えてるよ？
怖いけど…
顔も合わせづらいけど…
それでも、私は先輩のことすっごく考えてるよ？

どうして、
急に先輩とこうなっちゃったのかな？
私たち、すっごくうまくいってたよね？
なにも問題なかったよね？
それとも、そう思ってたのは私だけだったのかな？

私、
先輩をあんなに怒らせること知らないうちにしちゃってた？

もう、
嫌いになった？

だったら、
言ってもらったほうが楽だよ。
嫌いになったんなら、
素直に言ってもらえたほうがいい。

ねぇ
先輩、
私のこと、どう想ってるの？
───………
───……

「これで、最後だな」
三月は体育倉庫で用具をしまっていた。
そんな時、なぜか急にドアが閉まり、
一気に周りが暗くなる。
後ろを振り返ると
そこにはさおりの姿があった。

「はぁ～い！　お兄さん」
「さおり！　なんのつもりだよ」
三月の言葉にさおりはムッとする。
「私だってねー！　あんたなんかとこお～んなとこで二人っきりになんてなりたくないわよ!!!　三月！　あんたいつまで遥ちゃんあのままにしておくつもり!?」
さおりの言葉に三月は言葉に困る。
「あのとき一緒にいた男、この前、三月に話があるって言ってた奴だよね!?　…あいつと何かあったんでしょ!?　…あのとき

もあいつがあの場所にいたことを考えると…」
「うるせー!!!」
さおりが言いかけると三月は声を張り上げた。
「さおりは、いちいちうるせーんだよっ!!　なにさまっ…」
と三月が言いかけたとき、さおりの飛び蹴りが炸裂した。
そして三月はその場に倒れ込んだ。
「ってーなぁ!!!」
上からさおりが言った。
「あ〜ら。私の飛び蹴りをくらって気絶しないなんてめずらしいわね」
「ってーな!!　なにするんだよ！　てか、さおりにはかんけーねぇだろっ!?」
さおりは倒れている三月の胸ぐらをつかんだ。
「だから聞いてやってんでしょっ!!!　あんたがそうやって一人でグダグダ考えてんのがいけないのよ！　…どうしたのよ？いつものあんたらしくないじゃん…」
さおりの言葉が三月の心に響いた。
しばらくの間沈黙が続いた。

先に口を開いたのは三月だった。
「俺だって…わからねーんだよ…」
「…えっ!?」
三月の意外な言葉にさおりは驚いた。
「昔から俺を知ってるお前なら分かるだろ？」
「…なにが？」
「俺が昔はどんな奴だったか」
さおりは黙って三月の話を聞いていた。

「俺…物心つく頃から女どもが寄ってきて自分から好きになる前に相手からコクってきてたから…
次から次へと女替えて遊んでたじゃん？
別に楽しかったし、これが恋愛なんだってなんの疑いもしなかった。
だけど、遥は違くて…。俺のこと大嫌いとか言うし…俺がどんなに言っても好きになってくんねーし。
いつの間にか遥から目が離せなくなって、いつも早く俺を好きになってもらいたくって強引に迫って。そうすれば落ちると思ったんだ。…だけど、全然ダメで」
「…うん。それで三月は分かったんでしょ？　相手に想われるには、どうしたらいいのかって」
「…ぁぁ。…遥に好きって言われたときはすっげー嬉しくってやばかった。こんなに嬉しい気持ちになれるなんて知らなくってさ…。もうそれからずっと遥と一緒にいたくてたまらなくて…毎日会っててもそれでも足りなくて…」
「うん…」
「だけど…そんとき、あいつが…中嶋って奴が現れて…」
「…三月、あのとき一体何言われたの？」
三月はゆっくりと口を開いた。
「宣戦布告されたんだよ」
「えっ！　…それって」
「…ぁぁ。あいつもたぶん、ってかぜってー遥のことが好き。あのときは俺、ぜってー負けねーと思ってたし、遥は絶対渡さねーって思ってたけど、時間が経って遥があいつと話しをしてるとこ見てなんか不安になってさ…」
「なんで…？」

「俺から遥が離れちまったらどうしよう…とか、いつも遥の気持ち無視して強引にやっちまってて嫌になられちまったんじゃないのか…とか。そうゆうこと考えたら、なんか遥と接することが怖くなって、いつの間にか避けるようになっちまった…」

「…あのときだって、遥とあいつが楽しそうに話してるとこ見たら、頭に血がのぼっちまって…無我夢中で、気付いたら遥のこと投げ飛ばしちまってて。
さおりが行こうとしたときのあの遥のおびえたような顔に俺、耐えられなくなっちまって、逃げた」
「そうだったんだ…」
「それから、遥に嫌われたんじゃねーかって思うと、普通に話すことも怖くなっちまって。どうしても遥の顔が見られなくて。自分でも分かんなかったよ。いつも強気で怖いもんなんかなかったこの俺が遥にはこんなに弱いだなんて…」
「三月…」
そんな三月にさおりは…
思いっきり頬を殴った。
「おまっ…さおりさっきから一体っ！」
「なんだそれ!!」
「…はっ!?」
「結局自分のことばっかじゃん。三月は遥ちゃんのなんなわけ？ …彼氏でしょ!? だったらもっと堂々としてなよっ!!! 彼氏なら遥ちゃん泣かすようなことすんなっ!!! それに…三月、今の話ちゃんと遥ちゃんにしなっ!?」
「ばっ!! …こんな恥ずかしー話、遥にできるわけねーだろっ!??」

「すんのよっ‼ …今の話聞いたら絶対、遥ちゃん喜ぶし安心するよ？　ねぇ三月…彼女には自分の弱い部分見せてもいいんだよ？　人と人が付き合うってお互いが支えあうことなんだよ？　…求めてるだけじゃいつまでたっても先に進めないよ。遥ちゃんのことが好きなんでしょ？　今のままの三月だったら誰かに遥ちゃん取られちゃうよ？」
さおりの言葉に三月は少し考え、
決心したかのように立ち上がった。
「…さおり、ありがとな」
そう言って三月は体育倉庫を出て行った。

俺は遥を捜し回った。
だけど、今は体育祭中で、グラウンドには生徒が溢れている。
正直、遥をこの中から捜し出すのは難しかった。
「くそっ‼」
それでも俺は手当たり次第遥のことを探し始めた。
途中、遥の友達に会っては聞いて。
だけど、あいつも実行委員だったからそこら中走ってるらしくなかなかつかまらない。
早く遥に会ってちゃんと伝えたいのに。
会って抱き締めて、
遥にすっげー好きだって伝えたい。
そうだ‼
俺は上から探そうと、グラウンドがよく見渡せる屋上へと向かった。

ドアを思いっきり開け下を見渡した。

だけど遥を見つけることはできなかった。
「遥…」
ケータイは全員、没収されちまっててねーし。
今すぐ会いたいのに…
俺はまた下へ戻って探そうとしたとき、グラウンドとは別方向の裏庭に目が止まった。
そこには遥とアイツ…中嶋の二人の姿があった。
————………
——……

競技もどんどん進んでいき、実行委員の仕事も忙しさを増していく。
なんで、こんなに仕事が多いんだろう。
「高嶋っ！」
声がするほうを見ると中嶋君だった。
中嶋君も走り回ってるせいか額には汗が光っている。
「今度はあっち側行ってみんな集めろだってさ！」
「そっかー…疲れちゃうね」
「んっとに、先輩ら口だけ動かして実際に動かされるのは１年の俺たちだけだもんな」
ちょっとキレ気味に中嶋君が言った。
「仕方ないよー。結局私たちは１年坊主だもん。…早く行こ」
「あっ…あぁ」

逆に私にはこれくらい忙しいほうが助かるかな。
先輩のこと考えずにすむもん。
だけど

体育祭が終わったらどうしようかな？
放課後に残ることもなくなって部活に行かなくちゃいけなくなって…
そしたら、先輩にも嫌でも会っちゃう。

先輩達に言われてた仕事も終わって、
私と中嶋君、思わずため息が出た。
「一緒にため息出ちゃうなんてなんか笑っちゃうね」
私はなんだかおかしくて笑ってしまった。
そんな私を見て中嶋君も笑う。
「やっと笑ったな」
「…えっ？」
「高嶋、最近全く笑ってなかったからさ…久々に笑ってる顔見た」
「中嶋君…」
「そうだっ！　高嶋に見せたいとこがあるんだ」
「えっ!?」
「行こっ！」
「でっでも、まだ仕事が山積みでっ…！」
「いいからいいから」
そう言って中嶋君は私の腕をつかみ歩きだした。
「ちょっ！　ちょっと中嶋君っ!?」
「いーんだよ！　たまには先輩達にもやらせればっ」
「そっ…そうじゃなくって…」
思わず顔が赤くなる。つないだ手が気になって。
中嶋君って、こうゆう人だった？

141

しばらく歩き連れてこられた先は裏庭だった。
「ここって…」
「こっち！」
中嶋君はさらに私を裏庭の奥へと連れていく。
するとそこにはちょっとした小さな川が流れていて、木や花が咲きみだれ、なんとも言えないくらいきれいな景色が広がっていた。
「すごいっ…!!」
学校にもこんな場所あったんだ。
「すっげーだろ？　この前、図書室で本を読みながらふと、外の景色見てたら、たまたま見つけてさ。それからよくここ来てたんだ。なんか高嶋に一番に見せたくってさ」
笑顔で中嶋君が話すものだからその笑顔に私の胸は高鳴ってしまった。
無意識のうちに中嶋君を見つめてしまう。
「どう!?　少しは元気になった!?」
「うっ…うん!!!　ありがとっ！」
なんか恥ずかしくて思わず声が大きくなってしまった。
中嶋君はそんな私を見て少ししてから口を開いた。
「高嶋…俺さ、高嶋に話したいことがあって…」
いつになく真剣な顔の中嶋君。
「えっ…なに…？」
中嶋君が何かを言いかけたとき、
「はるかっっ!!!」
聞き覚えのある声に、心臓がドキッとする。
声のする方を見ると、そこには息を切らした先輩の姿があった。
「せん…ぱい？」

私はただただ驚いてしまって、それ以上言葉が出なかった。
先輩は上がってる息を整え中嶋君に言った。
「遥は俺のもんだからっ!!」
そう言い先輩は私の腕をつかんだ。
「せっ先輩っ!?」
私の問いかけにも答えず、先輩はひたすら私の腕をグイグイ引っ張る。
そしてなぜか校舎の中へと入っていく先輩。

先輩が来てくれたのはすごく嬉(うれ)しいけど、
まだ先輩、怒ってるのかな？
もしかして、
まさか私と別れたいのかな？
嫌いになっちゃったかな？
なんでなんも言ってくれないの？
私は自然に涙が溢れてしまった。

連れてこられた場所は、図書室だった。
中に入りやっと先輩が私の方を見てくれた。
「なに泣いてるんだよ」
そう言って、先輩は自分の服の裾で私の涙を拭(ふ)いてくれた。
その行為がすっごく嬉しくって、余計に涙が溢れてしまった。
「遥…？」
先輩の言葉に私はゆっくりだけど、口を開いた。
「先輩っ…私のこと…嫌いになっちゃった…？」
「えっ？」
「先輩…最近、何もしてくれないし…避けられちゃうし…怒ら

れちゃうし…。もう、先輩、私に飽きちゃった？　…私じゃ…先輩にっ…！」
　!!!
そう言いかけたとき口がふさがれた。
「んっ…！」
思わず、声が漏れてしまう。
しばらくして先輩の唇が離れ、私を思いっきり抱き締めてくれた。
私…先輩にずっとこうしてほしかった。
そしてゆっくり先輩が口を開いた。

「…遥こそ、俺のこと嫌いになってない？」
少し、震えた声で先輩が言った。
「…えっ？」
「俺…こんなに人を好きになったの遥が初めてだから…すっげー怖いんだ。
遥に嫌われるんじゃないかって、初めて不安になった。何もかもが遥が初めてで…俺、どうしたらいいかわからなくってさ…」
私は黙って先輩の胸の中で話を聞いていた。
すると先輩は私を離し、じっと私を見つめる。
見つめられただけで、もうこんなにドキドキしちゃってる。
「なんか、こんな弱気な俺見せられなくてさ、余計に嫌われそうで。だから遥にどう接していいのか分からなくなって避けてた…」
先輩の手が私の頬に触れた。
「遥…こんな俺、嫌いになった？」

不安気な顔で私を見つめる先輩がなぜかとっても愛しく思えて、
胸がキューって締め付けられるように鳴った。
「私、先輩のこと大好きです。どんな先輩だって大好き…」
私は言葉を続けた。
「…強気な先輩も、弱気な先輩も、ちょっとエッチな先輩も、
全部、大好きです。だって先輩すっごくやさしいし…」
そう言いかけたときまた先輩が力いっぱい抱き締めてきた。
「…分かった…分かったから…」
「先輩…？」
私は先輩の顔を見ようと顔をあげようとしたけど、さらに先輩
に強く抱き締められた。
「今見るなっ！　今の俺の顔、マジでやばいから」
先輩の言葉に体中からなんだか嬉しさがこみあげてきて、
また涙がこぼれる。
そんな私に気付いたのか先輩が心配そうに私の顔を覗き込んで
きた。
「遥、どうかした？」
先輩の言葉に私は首を横に振った。
「先輩のこと、すごい好きだなぁって思っちゃったんです」
私の言葉に先輩の顔が赤くなる。
こんな先輩、初めて見た。
「遥…俺とずっと一緒にいろよな？　遥はずっと俺のもんでい
て…」
そう言って先輩の唇が私の唇に触れる。
だけど唇がすぐ離れて、
またすぐにキス…
次第に激しくなってきて、

私の口の中に先輩の舌が入ってくる。
「もう…こんなキスしてもらえるとは思わなかったです」
「遥――…」
そしてまた先輩が私を力いっぱい抱き締めて。
キスをしてきた。
もう、先輩とこのままずっとこうしていたい。
「…先輩…私…」
「遥……？」
恥ずかしさいっぱいで死んじゃいそうだったけど。
勇気を振り絞って言葉に出した。
「私、このまま先輩とここでっ」
と、私が言いかけたとき
突然、図書室のドアが開かれた。
「遥ちゃんいるっ!?」
さおり先輩と、後ろから、みわちゃんとケン君の姿も。
「あっ。三月、遥ちゃんにちゃんと会えてたのね…」
とてもとても、気まずい雰囲気が流れた。
「………っんでっ！　なんで、さおりはいつもいつもいーとこで邪魔すんだよっ!!!」
先輩の言葉に思わず顔が赤くなる。
「せっ…先輩っ!!」
みわちゃんやケン君もいるのに…
「なによー！　あんたがみわちゃんたちにも言ってるからみんなで心配になってうちらも遥ちゃんを探してたんでしょー!!」
「だからって、いつもいつもタイミングが良すぎんだよっ!!
さおり、まさかわざとやってるんじゃねーだろうな!?」
「ちょっ…先輩ってばっ…！」

「こっちだって見たくていつも見せられてるんじゃないわよっ!」
先輩とさおり先輩の口喧嘩はしばらくずっと続いた。
結局、この日も先輩とエッチができなくって残念なような良かったような…
だけど今日、初めてやっと先輩と両思いになれた気がする。

先輩が
本当の気持ちを言ってくれて
本当の姿を見せてくれて
本当に嬉しかった。

次の日から、
またいつもの日常に戻る。
いつものように朝早くから朝練。
またこんな日常が戻ってきてくれて本当に嬉しい。
――――……………
――――…………

朝練も終わり私は足早に教室へ向かった。
今日から週番だった。
――――……………
――――……………
――……………

一方、三月とさおりは珍しく二人で教室へと向かっていた。
「昨日は悪かったな」

「えっ⁉　なにがっ？」
「…だからっ‼　ありがとうって言ってんだよっ！」
怒鳴りながら照れたように三月が言った。
「三月…」
そんな三月を見てさおりは笑い、前を歩いている三月の背中を思いっきり叩いた。
「いってっ！」
「いいってことよぉ。うちら仲良し幼なじみじゃない！」
「っとに、それにしてもいてーだろっ⁉」
「アハハ！　ごめんごめん‼」
そんな二人の元へ、
ゆっくりと中嶋がきた。
「…先輩、ちょっといいですか？」
その声に気付き二人は中嶋を見る。
「…お前…まだ俺になんかあるわけ？」
急激に三月の顔つきが変わる。
「お前がどうしようと、遥はぜってーに渡さねーから…」
「だから言ったじゃないですか。今はそのつもりはないって。俺は長期戦でいくんで。それだけはこれからも、忘れないでください」
それだけ言い、中嶋は去っていった。
「三月…遥ちゃん、あいつの隣の席だって言ってたよ⁉　…大丈夫かな？」
「長期戦だってあいつ言ってるし。それに、遥にはまだ伝えてないんだろうから、さおり、遥には言うなよ？　いくらむかつく奴でも、人の気持ちまでは憎めねーしな…」
「うん。分かった」

──────…………
──────…………
─────…………

まさか私はこのとき、こんなことが起こっていたなんて全く知るはずもなく、
教室で週番の仕事をしていた。
教室にはまだ誰も来ていなくて、静かな時間が流れる。

「みんな遅いなぁ―…」
そこへ中嶋君が登校してきた。
「あっ…おはよう！」
「おはよ」
そうだった！
すっかり忘れてた‼
昨日、先輩に連れられて行っちゃって
中嶋君、置き去りにしちゃったんだったっけ。
だけど、中嶋君は何事もなかったかのように席につく。
「あっ…あのっ‼　中嶋君！　昨日は…その…」
「先輩と仲直りできたんだ？」
「うっ…うん！」
「ならよかったな？」
中嶋君が笑顔で言う。
私、この笑顔に弱いんだよな。
「あっ！　…そういえば昨日の話はなんだったの？」
思い出したかのように私は聞いた。
「あー…わりぃ、忘れちまった」

「そっか…」
中嶋君はそのままカバンからヘッドホンを取り出し音楽を聞き始めた。

忘れちゃうくらいならそんなたいした話じゃなかったのかな？
この時はあまり気にはとめなかった。

初めての《クリスマス・イヴ》

「ねぇねぇ！ 遥は先輩に何あげるの⁉」
「う〜ん…まだ考え中。みわちゃんは？」
「私は今年は手作りでいこうと思って」
————…………………
————………

季節は変わってもう11月。
クリスマスまであと1か月とちょっとの時期。
今日は日曜日でたまたま部活が休みの日。
久々にみわちゃんと二人、駅に買い物に来ている。
「じゃーさ、遥も一緒に手作りしようよ。
私はケーキとニット帽作ろうかと思ってるんだ！ 遥そういうの得意じゃん。それに、ちょっと教えてもらいたいってのもあるし？」
照れたように話すみわちゃんに思わず笑ってしまう。
「うん、いいよ。なんか先輩だったら買ってあげるって言ってもいいやついっぱい持ってそうだし…」
「よし！ じゃあ決まり。早速、毛糸買いにいこう！」
「うん！」
早いな、もうクリスマスなんて。

去年はただ一緒に街を歩いてプレゼント交換して、
それだけで終わっちゃったけど、
先輩には、ケーキ焼いて一緒に食べて…
もう高校生だし!!!
親も許してくれるだろうから、
夜、きれいなイルミネーション二人で一緒に見に行って…
でっ…できればクリスマスだし⁉
今度こそ先輩と結ばれたいな。
なんかそういう記念日に…っていうの、すっごく憧れちゃう。
先輩と初めて過ごすクリスマス、
素敵な1日になるといいな。
まぁ……
昼は部活かもしれないけど…それでもずっと先輩と一緒にいられるからいいや。
────…………
───…………
──…………

「遥、来月の22日から27日、あけといてね」
「えっ？」
今は朝練が終わり先輩と二人で教室へ向かう途中。
「22日ってたしか…終業式の日でしたよね??」
「そう。でも、午前で終わるし午後から！」
「…そんなにいっぱいどこに行くんですか？」
「沖縄」
「えっ⁉」
先輩の突然の言葉に思わず声が大きくなってしまった。

「そっそんなに長い間です…か？」
「そんな長いか？　…たった五泊だぜ？」
「わっ私、そんな長期旅行できるようなお金ないですよ⁉　第一、部活は…？」
「お金は大丈夫！　俺、使い道なくって有り余ってるし、部活はもちろん休みにするし」
「でっ！　でも…」
そんな大金、出してもらうわけには…
そんな私の顔を先輩は覗き込んできた。
「…遥は、俺と一緒に旅行行きたくない？」
「えっ…⁉」
「俺は遥と初めてのクリスマス、ずっと一緒にいたいし…遥と旅行してーし…遥はやだ？」
そんなわけないよ…
私だって先輩とずっとずっと一緒にいたい。
私は首を横に振った。
そんな私を見て先輩は笑う。
「ならよかった。じゃあ旅行行こうな？　また放課後…」
そう言って先輩は軽くキス、
そして私の頭をそっと撫でて行ってしまった。
なんで先輩ってばこんなにも私をドキドキさせるのがうまいんだろう。

休み時間ー
「えぇー！　旅行っ⁉」
「みわちゃん、シー‼」
あまりのみわちゃんの声の大きさに思わず口をふさいでしまっ

た。
「もう！　ここ、廊下なんだからっ‼」
「ごめんごめん！　…だってもうびっくりしちゃって」
「私だってびっくりだよ！　…言われたときは」
「うぅ～ん、でもさすがは先輩って感じじゃない。しかも全部あっちもちなんて超リッチじゃない！」
「それが申し訳なくって。だけど私にはそんな大金ないし…」
「いいんじゃない⁉　先輩だって遥と一緒にいたいからって言ってたんでしょ？　甘えちゃいなよ。
その分、手作りのプレゼント渡してさ！　午後から出発なら早いけど22日にケーキ渡してもいいんじゃない？」
「うん…」
本当にいいのかな？
そりゃそんなにたくさん毎日、朝から夜までずっと一緒にいられるのは正直、嬉しいけど…
やっぱりちょっと素直に喜べないよ…

昼休み―…
今日は図書室当番の日だった。
いつものように返却された本を本棚に戻していると、
「…あれ？」
そこにはさおり先輩の姿が。
「…さおり先輩？　どうしたんですか…？」
私の言葉にさおり先輩の体はビクッと反応し持っていた数冊の本を落としてしまった。
「あっ…遥ちゃん…！」
「大丈夫ですか？　本が…！」

私はしゃがみこみ、さおり先輩の落とした本を手に取ると、「手作り」という表紙が目に入った。
「あれ？　さおり先輩、この本って…」
私の言葉にあのさおり先輩が赤面している。
「…実は…好きな人が…できたの」
顔を赤らめながらさおり先輩が照れたように言った。
「えっ」
うそー!!
さおり先輩にっ!?
「…あっ!!　三月には絶対内緒よっ!?　あいつにバレたら、何言われるか…」
「はっはい!!　…だけど、さおり先輩、その人のことすごい好きなんですね」
私の言葉にまたさおり先輩の顔が赤くなる。
「っもー!　遥ちゃんってば！　からかわないでっ！　それに、まだまだ私の片思いだし」
切なそうにさおり先輩が言った。
「さおり先輩…」
「だから、クリスマスになにか手作りの物をプレゼントして、告白しようかなって思って。私の好きな人ってね、全然そうゆう恋愛とかに興味がなさそうな人だから…可能性は低いんだけどね」
「そんなことないですよ！　さおり先輩に好きだって言われて嬉しくない人なんて絶対いませんよ！」
私の言葉にさおり先輩は笑った。
「ありがとう。遥ちゃん」
さおり先輩は本当に綺麗でやさしくて

素敵な人だもん。
「ところでさおり先輩の好きな人ってどんな人なんですか？」
さおり先輩が好きになる人だもん。
どんなに素敵な人なんだろう？
「見たい？」
「はい、ぜひっ!!」

さおり先輩に連れられて来たのは中庭。
「いつも、天気がいい日はここにいるの。あっ!!　あの人っ！」
先輩が指差した先を見ると…
そこにいたのは、
お世辞にもかっこいいとは言えずちょっと長髪で眼鏡をかけていて、
少しオタクみたいな感じの人だった。
「あっ…あの人がさおり先輩の好きな人…ですか!?」
「うん」
…たしかに。
恋愛には興味なさそうな人だなぁ―…
「かっこいいでしょっ!?」
「えっ!?　…あっはい！」
「でしょ！　もう理想の人って感じで、
ひと目惚れしちゃった」
さおり先輩、本気で言ってるんだよね!?
さおり先輩から見たかっこいい人ってあぁいう人なんだ。
なんか……妙に納得。
だから先輩とあんな風に幼なじみやってられるんだろうな。
「あんなに素敵な人なんだもん。他の人だって放っておかない

よね。…誰かに取られちゃいそうで怖くて」
「えっ!!　そっ…それはないと…」
「とにかく私頑張るから!!　遥ちゃんも応援してねっ!?」
「はい！　それはもちろん!!」
私が応援しなくても絶対うまくいきそうな気がするけど。
さおり先輩の目にはあの人がかっこよく見えるってことは。
きっと先輩のことは全然かっこよくないって見えるんだろうな。
人の好みだけど、なんかそう思うとすごい…
─────…………
─────…………
─────………

放課後。
「遥、どうしたの？」
「あっ!!　いいえ！　なんでもないです！」
私はあわてて目をそらした。
今日から試験前で部活は休み。
放課後も図書室当番な私に付き合ってくれて今は先輩と二人っきり。
ついつい昼休みのことがあったせいか私は先輩の顔を無意識のうちに見つめてしまっていた。

やっぱり、
先輩はかっこいいよなー…
思わず顔が赤くなる。

「遥？」

そんな私に歩み寄り、先輩の手が私の頬に触れる。
「早く旅行いきてーなぁ…」
先輩が私を抱き締める。
「本当は今すぐやりてーけど…遥はやっぱり初めてはちゃんとしたとこでやりてーだろ？」
「…えっ!?」
「…遥にとって初めてはやっぱちゃんとした思い出として作ってやりてーし…」
「先輩…」
顔を見なくても分かる。
先輩、絶対今、照れた顔してる。
「だから俺、我慢するから」
そう言って私を離し先輩がキスをする。
「そのかわり、旅行のときは覚悟しておけよ？」
先輩の言葉に思わず顔が赤くなってしまった。
「っとにもー。そんな顔すんなよ…」
ギュッて力強く先輩が抱き締めた。
「…そんな顔されたらここでやりたくなっちまうだろ…？」
「そっ…そんなっ…！」
言いかけた私の口を先輩がふさぐ。
先輩が、最近すっごく私のことを考えてくれてて、それが嬉しい。
出会ったばかりの頃は、いつも強引で私の気持ちなんて考えず、だったのに。
今は違う。
今度こそ絶対先輩とエッチしたいな。
────────…………

───…………

そして、試験も終わり午後から部活が始まる。
私は近くのコンビニでお昼を買って部室に向かった。
部室に入ると、そこには編み物と格闘しているさおり先輩の姿があった。
「さおり先輩、こんにちはー…」
「あっ‼　遥ちゃ〜ん助けてぇ！　ここが全然できなくって…」
どうやらさおり先輩はマフラーを編んでいるようだった。
「そこはこうやって…」
「きゃー遥ちゃんってばすごい‼」
「昔からこういうのが好きで。それに、私もちょうど編んでるんで…」
話すだけで思わず赤くなる。
「そっかそっかぁ〜遥ちゃんも三月に手作りマフラー渡すんだね。あっ‼　三月から聞いたわよ！　冬休みいきなり旅行行くんだって⁉」
さおり先輩の言葉にさらに顔が赤くなる。
「三月も顔に似合わずキザなことやるね〜。まっ！　そのおかけで部活休みだし！　感謝だけどね！」
「そういえば、好きな人と約束したんですか？」
今度は私の言葉にさおり先輩が赤くなる。
「じっ…実はもう約束済みなんだ」
「えぇ〜！　すごいじゃないですかぁ！」
「エヘヘ。すっごい緊張しちゃったけど、先約入っちゃったら嫌だったから…」

それはないと思うけどなぁ。
「だけど本当によかったですね」
「うん!!　お互い素敵なクリスマスにしようね!」
さおり先輩、好きな人とうまくいくといいな。
――――――……………
――――……………

そして、毎日コツコツ編んだマフラーはクリスマス前にはちゃんと完成して、みわちゃんもさおり先輩も完成して、ラッピングもきれいにやって先輩に渡すのがすっごく楽しみになった。

終業式…
「いよいよ遥、今日出発だね」
「うっ…うん…」
「いいなぁ～。…だけど、そんなよく親が許してくれたわね」
「あっ…親には合宿ってことになってるんだ」
「そうだよね。本当のことなんて言えないもんね!　楽しんできてね」
「…うん!!　みわちゃんもね」
家に帰ったら昨日焼いておいたスポンジケーキに生クリーム塗ってデコレーションして。
まとめておいた荷物確認して、思いっきりおしゃれして。
どうしよう、楽しみで仕方ないよ。
早く終わらないかな。早く先輩と沖縄行きたいな。
――――……………
――――……………

長い終業式が終わりＨＲも終わってやっと下校の時間になった。
「それじゃ中嶋君！　また来年ね」
「あぁ」
みわちゃんとケン君にもあいさつして私は教室を後にした。
昇降口に行くとそこには先輩の姿があった。
「先輩？」
私は先輩の元へ駆け寄った。
「遥…」
「どうしたんですか？　こんなところで」
すると照れたように先輩が話し始めた。
「いや。今日、出発するけど、本当は遥、嫌だったんじゃねーかなって思って。もし、そうだったらまだ間に合うから言ってほしいって思ってさ」
先輩…
「俺から誘っておいてなんだけど、さ。よく考えるといきなり旅行とか引いちまったかなって思って」
私…本当に幸せ者だな。
だってこんなにも好きな人に想われてるんだもん。
私はゆっくり口を開いた。
「先輩、私…本当に嫌じゃないですから」
「えっ？」
先輩に見つめられて思わず緊張しちゃう。
「さっ最初はちょっとびっくりしちゃったけど…今はすごく、楽しみ…です」
私がそう言うと先輩は思いっきり私のことを抱き締めた。
「そっかーよかった」
「せっ！　先輩ってば!!　ここ昇降口ですよっ！」

今はちょうどみんな帰る時間でたくさんの生徒がいた。
そして当たり前のようにみんな私たちを見ている。
私は思いっきり恥ずかしくなってきてしまった。
「先輩っ！　…みんなが見てますよ…？」
「いいじゃん別に。見せておけば」
「先輩〜！」
それからしばらくの間なかなか先輩は私のことを離してくれなかった。
――――……………
――――…………

自宅―…
「よし！　できた」
私はデコレーションしたケーキをきれいにラッピングした。
ふと時計を見ると１時半をさしていた。
「ヤバイ！　２時には迎えに来ちゃう!!」
急いで自分の部屋に行き用意をした。

準備が終わる頃、
玄関からインターホンが聞こえた。
もしかして先輩？
だけど、家に入ってくるわけないよね？
そう思い私は急いで支度を続けた。
少しすると、ものすごい勢いで階段を駆け上がってくる音が聞こえた。
そして勢いよくお母さんが私の部屋に入ってきた。
「遥ー!!!　玄関にものすっごくかっこいい人が来てるんだけ

どっ！　あの人、一体なんなの？」
「えっ‼」
お母さんに言われて私も急いで下に駆け降りる。
玄関へ行くと、
そこには先輩の姿があった。
「よう」
私は驚きのあまり声が出なかった。
先輩の私服姿は何度か見てるけど、なんだか今日はさらにかっこよく見えちゃう。
「遥、まだ用意終わってなかったのか？」
先輩の言葉にハッとする。
「あっ‼　ごっごめんなさい！　急いでしてきます！」
そう言って私はまた急いで自分の部屋に戻った。
「びっくりしたぁ―…」
まさか先輩が家に入ってくるとは思わなかった。
するとまたお母さんが私の部屋の中へと入ってきた。
「おっお母さん！　今度はなに⁉」
「なにじゃないわよ！　遥、なんでちゃんともっと前もって紹介しなかったのよ！」
「…えっ⁉」
「もう三月君と付き合ってけっこう経つって言うじゃない！
…しかも合宿だなんて嘘ついて！」
えぇ〜‼
先輩ってばお母さんに旅行のこと言っちゃったの⁉
怒られる‼‼
そう思ったけど、お母さんの口からは驚きの言葉が出た。
「旅行なら旅行だってちゃんと言えばいいのに‼」

「えっ？　だっ…だってお母さん、本当のこと言ったら絶対反対すると思って…」
てか、普通の親なら反対するよね？
「お馬鹿！　反対なんてするわけないじゃない。あんな素敵な彼氏と沖縄なんて。羨ましいくらいだわ！」
言葉が出なかった。
「それにしても遥。なに？　その格好は！　もっと可愛いのがあるでしょ！」
お母さんの言葉に私は我に返った。
「っもー！　お母さんには関係ないでしょ！　先輩待ってるから出てって‼」
無理矢理お母さんを部屋の外に追い出した。
――――……………
――――…………
――――………

「本当に恥ずかしい親でごめんなさい‼」
「なんで？　いいお母さんじゃん」
先輩は思い出したかのように笑い出した。
そんな先輩を見るとますます恥ずかしくなってしまう。
「いいお母さんじゃん」
そう言って先輩が私の頭をクシュクシュって撫でる。
「でっ…でも、まさか先輩が家に入ってくるとは思わなかったです」
俯きながら私が話すと
「…チャンスだと思ってさ」
「えっ⁉」

「ちゃんと、遥の親に挨拶してーなって思ってたし、遥に嘘つかせたまま旅行行きたくなかったしな」
…先輩
「いや～でもマジ、インターホン鳴らして遥のお母さんが来るまでの間はすっげー緊張した‼」
「先輩でも緊張することがあるんですね」
つい驚いてしまった。
「あるに決まってんだろ？　…遥の親だもん。一番こえー相手だよ。…まだお父さんがいなくてよかったけど」
先輩の言葉一つ一つがすごく嬉しくってたまらなかった。
「お父さんはいつも仕事人間だから…」
「そっか。でもいつかは会わないとな？」
その言葉にまた私は嬉しくなった。
すると、先輩は私が持っていたカバンを持ってくれた。
「先輩いいですよ！　自分で持てますっ！」
「いいから。…俺は遥の彼氏なんだから、遥はもっと俺に甘えて？」
そんな先輩に、胸が高鳴る。
「おいで」
そう言って先輩が私に手を差し出した。
なんで先輩ってこんなに私をドキドキさせるのが本当に上手なんだろう…
私はゆっくり先輩の手に自分の手をのせた。
そして先輩がやさしい笑顔を見せた。
私、本当に幸せ…
私もつられて思わず笑顔になってしまう。

つないだこの手を私はずっと離せずにいられるかな？
こうやってこの先もずっと先輩の隣にいることができるかな？

そして
今みたいに二人で笑い合っていられる？

初めての《クリスマス・イヴ》2

「…うわぁ!!」
窓の外からは夕暮れの海が見えた。
「あっ！　もう着いたか」
そう。
私は今、先輩と二人飛行機に乗ってます!!
…しかもスーパーシート。
「…先輩、飛行機代だけでけっこうしませんでしたか？」
私は恐る恐る聞いてみた。
「別に？」
「だけど、ここスーパーシートだしっ!!」
「…えっ？　他に違う席ってあんの？」
先輩ってもしかして、ここ以外の席に座ったことないのかな…？
そして、飛行機は着陸し空港へと入った。
「…うわぁー！」
那覇空港は本当に沖縄一色で。
本当に沖縄に来たんだなぁって実感しちゃう。
「ほら、遥！　早く外行こう」
「はいっ！」
外に出ると真冬とは思えないくらい暑かった。

「暑いなぁ」
「…はい」
こんなに沖縄が暑いなんて思わなかった。
「とりあえず、泊まるとこ行こう」
そう言って先輩はタクシーを止めた。

タクシーに乗って少し走ると今日泊まるホテルに着いた。
————…………………
——……………

「………………」
ホテルを前に開いた口がふさがらないでいた。
「遥？　なにしてるんだ。早くおいで」
「あっ！　はっ、はい!!」
ロビーに入っても私の口はふさがらなかった。
こんなところ泊まったことないよ。
しかも先輩が入るとみんな先輩にお辞儀してるし。
チェックインをすませた先輩がホテルマンらしき人とこちらにきた。
「お待たせ！　じゃあ、部屋に行こうぜ」
「あっはい!!」

部屋は最上階のどうやらスイートルームらしきところ。
ホテルマンが出て行ったのを確認すると私はすぐに先輩に聞いた。
「せっ！　先輩っ!!　こんなところに泊まっちゃっていいんですかっ!?」

「…遥は気に入らない？」
「そっそんなことあるわけないじゃないですかっ！」
「…ならよかった」
「だけど、こんな高そうなとこ…」
「あぁ！　それなら大丈夫」
「えっ？」
「ここ、俺のおふくろの経営してるホテルだからタダだし」
「えぇー!!!」
「あれ？　俺言ってなかったっけ？」
思いっきり縦に首を振った。
「おふくろは色々な仕事に手出してんだ。まぁとにかくここは俺んとこのだから気にしないで？」
先輩ん家って一体どんなお金持ちなんだろ。
この前、朝行ったときはあまりに緊張してて見る余裕なんてなかったけど。今思い出すとたしかに家も大きかった気がする。
「そんなことより…」
「えっ…？」
先輩が私を抱き寄せた。
「やっぱ遥ってすっげーいい匂いがすんな…。襲いたくなる」
先輩は私を離し両手で私の頬に触れる。
「今日から六日間も遥とずっと一緒にいられるかと思うと、すっげー嬉しい…」
「先輩…」
先輩がずっと私を見つめていて、すっごく恥ずかしいけど私も目を逸らせずにいる。
「…遥は？　…遥も嬉しい？」
そんなの、嬉しいに決まってるよ？

言いたいけど、恥ずかしくて言葉にできないから私はうなずいた。
「ダーメ！　…ちゃんと言葉にしてくんねーと分からねーだろ？」
「…えっ!?」
そっそれができないのにぃ〜…！
「遥……ちゃんと言って？」
恥ずかしさをいっぱい押さえて言った。
「わっ…私も、先輩とずっと一緒にいれて嬉しいです…」
恥ずかしさのあまり思わず目線を下げてしまった。
すると先輩は私の顎を上げた。
「俺もすっげー嬉しいよ？」
先輩の手が私の腰にまわり、
そう思ったらキス。
もっ…もしかして先輩
今からする気なのかな？
そう思っていたけど唇はすぐに離れる。
…あれ？
「じゃー、ご飯でも食べに行くか」
「あっ……はい！」
私は先輩の後を追って部屋を出た。
なんかちょっと拍子抜けしちゃった。

それから、とっても高級そうなレストランで食事をして。
部屋に戻った。
「すっごく美味しかったです！」
「それはよかった」

み〜んな食べたことがない料理ばかりで本当においしかった！
「…さて、ご飯も食べたし風呂いこっか？」
「おっお風呂ですかっ⁉」
思わず赤面してしまった。
そんな私をみて先輩はクスッと笑った。
「大丈夫。ちゃんと別々だから」
「あっ…はい‼」
やだ。勘違いしちゃった。
「ちゃんとした温泉だから気持ちいいぜ？　…行こう」
「はい‼」
――――――…………
――――…………
――………

浴場に行くと本当に素敵なお風呂がたくさんあった。
泡風呂に檜(ひのき)風呂……ローズ風呂もある‼
そして外にはもちろん露天風呂も。
どのお風呂に入るか迷っちゃうな。
あと4回もこのお風呂に入れるかと思うと嬉しい。
私は一つのお風呂に目がついた。
それはチョコレート風呂だった。
「…うわぁ！」
最初は迷ったけど好奇心に負けて入ってみた。
すっごい甘い匂いがする。
「なんか幸せー」
あっ‼!
チョコレートで思い出した‼

私ケーキ作ってきたんだっけ。
ご飯食べちゃったあとだけど、先輩食べてくれるかな？
だけど今日食べなくちゃ悪くなっちゃうもんね。出すだけ出してみよう。
マフラーはやっぱり…24日に渡したほうがいいよね？
先輩、喜んでくれるかな？
それとも今どき手作りなんてウザイかな？
なんか、みわちゃんとさおり先輩も作ってたから何も考えず私も編んだけど、今になってよく考えると先輩ってお金持ちっぽいし、私と付き合う前も色々な人と付き合ってみたいだし…
そんな先輩からしてみたら今どき手作りのプレゼントなんて引いちゃわないかな。
どうしよう。
なんか24日渡すの怖くなってきちゃったな。
ヤバイ‼
長く入りすぎたかも。
私は一瞬、のぼせそうになって、急いでお風呂を出た。
部屋に戻るともう先輩もお風呂から戻ってきていた。

「遅かったな。のぼせなかったか？」
お風呂上がりの先輩は、まだ髪が少し濡れていて、だけどそれがまたすごく色っぽい。
そんな先輩に思わずドキドキしてしまう。
「あっ…ちょっとのぼせちゃいました」
「どれ…」
先輩が私に歩み寄り、おでこに手をやった。
顔が近くて緊張してしまう。

「なんかちょっと熱いな」
「あっ！　あの‼　…先輩まだお腹(なか)に余裕ありますか？」
「けっこーさっき食ったからいっぱいだけど…なんで？」
やっぱりお腹いっぱいだよね…
「あっ‼　いいえ、なんでもないです」
あとでこっそり捨てとこ。
「…遥、なんか俺に隠してない？」
「なっなにも隠してなんか…」
「嘘だ！　…遥の顔見たらすぐ分かるよ。なに？」
先輩の顔が怖くて、
私はそっと自分の荷物が置いてあるところへ行き、
その中のケーキが入ってる袋を持って先輩に差し出した。
「これは？」
先輩が不思議そうな顔をしている。
「えっと…、これ、本当はずっと前からクリスマスのときに焼こうと思ってて…うっ、うまく、できてないかもなんですけど…」
「…もしかしてケーキ？」
「…はい」
「遥が作ったの？」
やっぱり今どき手作りケーキなんて引いちゃったかな？
そう思うと思わず顔を下げてしまった。
すると先輩は私が持っていたケーキを受け取り開け始めた。
「…あっ！」
中を見ると少し形が崩れてしまっていた。
「…形、なんか崩れちゃいましたね…。ほっ！　本当はもっとちゃんとしていて…」

173

「ありがと！」
えっ…？
「俺、すっげー嬉しい!!　まさか遥がケーキ作ってきてくれていたなんて夢にも思わなかったからさ！」
先輩があまりに無邪気で子供みたいに笑うから、
そんな先輩を見て私はなんだかすっごく嬉しくなった。
「食べていい？」
「あっ！　はいっ!!」
すると、先輩は電話でホテルマンを呼び、私が作ったケーキをきれいにカットさせた。
そして先輩が私のケーキを食べ始めた。
なんだか変に緊張しちゃう。
「どっ…どうですか？」
私が恐る恐る聞くと、先輩は満面の笑顔で答えてくれた。
「すっげーうまい！　遥上手だな」
そう言うと、また先輩はケーキを食べ始めた。
「…先輩、無理しないでくださいね？」
「無理なんかしてねーよ。遥こっちおいで？」
先輩が隣に座れって手招きしている。
私はドキドキしながらも先輩の元に行き隣に座ろうとすると、
「違うよ、隣じゃなくて、ここ」
そう言って先輩が指差しているのは膝の上。
一瞬戸惑ったけど私は先輩の膝の上にちょこんと座った。
「つかまえた」
先輩がおもいっきり抱き締めてくる。
「遥、もしかしてチョコレートのお風呂入った？　すっげー甘い匂いがする…」

「あっはい、入りました」
「やっぱり。なんか本当にいい匂い…このまま遥のこと食べたくなっちまう」
そう言って先輩は首筋にキスをしてきた。
「…キャッ！」
思わず目をつぶってしまった。
「…遥、ケーキありがとな」
そっと目を開けるとそこには笑顔の先輩がいた。
そしてやさしく私の頭を撫でてくれてる。
「今日は学校あってそのまま来ちまったから疲れただろ？　もう寝よ？」
「えっ…？」
その瞬間私の体がファッと宙に浮く。
「せっ！　せんぱいっ⁉」
「いいから。ベッドまで運んでやるよ」
ちょっ…ちょっとまだ心の準備ができてないよ～‼
————…………
———…………
——……

だけど、先輩は私をベッドに寝かせると自分もベッドに入り腕枕をしてくれた。
あれ？
「遥、もっとこっちおいで」
ドキドキしながらも先輩の胸の中に顔を埋める。
すると先輩は私を抱き締めた。
「…なんかこうやって遥と一緒に寝るのって幸せだな…」

さらに先輩が私を抱き締める手に力が入る。
「おやすみ、遥…」
私を離し先輩が軽くキスをした。

そして
そのまま先輩は深い眠りについてしまったらしく、スースーと頭上から寝息が聞こえた。
なんだか拍子抜けしてしまった。
だって、先輩が旅行前あんなこと言うんだもん。
そりゃー……てっきり。
するもんだと思ってたのに…ちょっとだけ、覚悟決めてたのに…
少しショック。
そっと先輩から離れ先輩の寝顔をのぞき見た。
先輩の寝顔はすっごく可愛くって思わずドキドキしてしまう。
なんか、先輩の寝顔を見れただけですっごく得した気分になってしまう。
「おやすみなさい、先輩…」
そう言って私はそっと先輩の頬にキスをした…
自分からしておいても、いくら先輩が寝ていても、やっぱり恥ずかしくなってしまう。
「私も、寝よう…」
また先輩の胸に顔を埋めて私もそのまま眠りについた。
────……………
──…………
──……

───…………ン？
カーテンの隙間から入る光が目に入る。

もう朝か──…
目を開け、ゆっくり起き上がろうとしたけど、
なぜか起き上がれない。
「あれっ…？」
ふと、横を見ると、そこには寝起きの先輩の姿が、
「おはよう、遥…」
そうだった‼
私、昨日から先輩と沖縄に来ていたんだっけ‼︎
「おっ…おはようござい…ます」
寝顔を見られてたかと思うと恥ずかしくなってきてしまう。
「なに朝から赤くなってんの？」
先輩がニヤニヤしながら私の顔を覗き込んできた。
「なっ、なんでもないです‼」
「…遥の寝顔、すっげー可愛かったな」
やっぱり見られてた！ 言葉にされるとさらに恥ずかしくなる。
「遥、今日はどこ行きたい？」
「…えっ？」
「俺は沖縄は何回も来たことあるからさ、遥の行きたいとこ行こう」
…どうしよう…どこがいいだろ。
そうだ‼
「先輩！ 私、水族館行きたいです‼」
そんな私に先輩は微笑む。
「いいよ。じゃあ朝食食べてからいこうか」

「はい‼」
────……………
────…………
──……

そして二人で朝食を食べて、用意をして、
またタクシーで水族館に向かった。
移動中もたくさん先輩と話をして、
気付くと窓から水族館が見えてた。
「私、沖縄の水族館って一度行ってみたかったんですよ！　だから、すごい嬉(うれ)しいです‼」
「そっかー。ならよかったな」
そう言って先輩はまだタクシーの中なのに私の頭を撫でる。
思わず顔が赤くなってしまった。
「…行こう！」
今日はずっと先輩と手をつないで水族館を見ていた。
だけどやっぱりここまで来ても先輩を見てはみんな振り返り、顔を赤らめていた。
「どうした？　遥、怖い顔して…」
えっ‼　私、怖い顔してた？
恥ずかしい。せっかく先輩と二人っきりなのに…
「…ごめんなさい」
「なに謝(あやま)ってるの？　…ほら！　早くいこ⁉」
先輩の手に引かれて歩き出す。
先輩はかっこいいし、すっごいもてるからたまに不安になる。
学校では、みんな私と先輩が付き合ってるって分かってるからちょっと安心だけど。

こうやって知らないところに来て先輩と二人で歩いてると思い知る。
先輩は、ずっとこの先も私と一緒にいてくれるかな？
飽きずに私のこと好きでいてくれるかな？
こうやって、ちゃんと彼女として手を繋いでいてもそれは、たしかなものではないから。
やっぱり不安になる。
────…………
──…………

それから１日ずっと水族館を楽しんで、またホテルに戻ってきた。
部屋に入るなり先輩が私を抱き上げた。
「先輩っ？」
そのまま先輩は私をソファーにおろし先輩はしゃがみ私の顔を覗き込んでくる。
「先輩？」
先輩に問いかけるとなぜか先輩は真面目な顔をして…だけどどこか淋しそうな、そんな表情のまま口を開いた。
「…遥、今日どうした？　なんか変だったぞ？」
先輩の言葉に思わず胸が高鳴る。
「言っただろ？　…遥が隠そうとしたって、俺には分かるって。今日は何考えてたの？」
「なんでも、ないです。ちょっと疲れちゃって…」
「嘘!!　…なんで俺に嘘つくんだ⁉　俺には嘘つくな」
そんな先輩を見てる人たちにやきもちやいて
一人で勝手に不安になってたなんて、

恥ずかしくて言えないよ。
「…いい加減、言わねーと怒るよ？」
先輩の顔が少し怖くなった。
「……ただの…やきもちです」
「…えっ？」
「水族館で、みんなが先輩のこと見てるから」
「なんだそれ…」
やっぱりあきれられちゃったかな？
思わず顔を下げてしまった。
「なにそんな可愛いこと言ってんだよ！」
「えっ？」
先輩の言葉に思わず顔を上げる。
「俺は遥の彼氏だって言っただろ？　そんなことでいちいち不安になるなよ」
そう言ってさらに強く抱き締めてくれた。
思わず涙が出る。
私、こんなに涙もろかったのかな？
先輩に出会ってから泣いてばっかりだ。
だけど、こうしてもらえるとすごく安心できる。
なんだか不思議。

「だけど、遥がやきもちやくなんて思わなかった」
「えっ…？　…私、すっごくやきもちやきですよ？　やっぱり、やきもちやかれるのって嫌ですか？」
恐る恐る聞いた。
「そんなわけねーじゃん!!　すっげ嬉しいよ？　遥のほうこそ、やきもちやかれたらうざくねぇ？」

その言葉に私は先輩を見た。
「そんなわけないですよ‼　私…すごく嬉しいです。だけど、先輩、やきもちなんてやかないじゃないですか」
「そんなわけねーよ。俺、遥が思ってる以上にすっげーやきもちやきだよ？　嫉妬だってするし、常に遥を独占していてーし…」
「うそ…」
「嘘じゃねーよ」
先輩の顔が近づいてくる。それに合わせてゆっくり目を閉じた。
先輩も私と同じ気持ちだったなんて、
嬉しすぎて、なんだか信じられないよ。
先輩はまたやさしいキスをしてすぐに唇を離した。
「今日も疲れただろ？　早く風呂行って寝よ」
「…はい」

先輩、今日も何もしてくれないのかな？
前はされるたびすっごく恥ずかしくてたまらなかったけど、
今は早く先輩にしてほしい。
旅行に来てるのに何もしてくれないなんてやっぱり不安になるよ…

だけど、やっぱりこの日も先輩は何もしてくれなくて
今日も先輩の胸のなかで眠りについた。
───……………
──……………
─…………

今日もホテルのカーテンの隙間から差し込む光で目が覚めた。
「…っ…朝だ…」
目を開けると昨日は隣にいた先輩の姿がなかった。
私は慌てて起き上がった。
「先輩？」
すると、シャワー室のほうから水の音が聞こえた。
「先輩、シャワー浴びてるのかな？」
しばらくしてシャワーを浴びたばかりの先輩がバスローブ１枚の姿で出てきた。
「あっ！　遥もう起きてたのか！」
バスローブ姿の先輩はとってもとってもかっこよくて、朝からときめいてしまった。
「おっ、おはようございます。先輩…シャワー浴びてたんですね」
「あぁ…寝汗かいちまって…遥も浴びてくる？」
「あっはい‼」
私は急いで立ち上がりシャワー室へ駆け込み、ドアを閉めた。
「──……フー」
先輩ってなんであんなにかっこいいんだろ。
いつもとちょっと違うとそれだけですっごくドキドキしちゃう。
旅行に来てから私、変だ。
先輩に触ってほしくてたまらない。
なんで先輩、触ってくれないのかな…？
──────……
──…………

シャワー室を出ると先輩はもう着替え終わっていた。

「先輩、早いですね！」
「…今日は市内を少し見よ？　それと…色々行くとこがあるから」
「？　はい…」
「じゃ、早く遥も着替えておいで」
————……………
——…………

着替えも終わり今日もタクシーで移動。
降りると観光地が広がっていた。
「遥、ちょっと土産見てもいい？」
「はい！」
先輩がお土産屋なんて、
なんか変な感じがする。
「遥おいで」
そう言って先輩が手を差し出す。
先輩のこういうところになんか弱いんだよね。
そして二人で手を繋いでお土産屋さんを見て回った。

「遥、そんなに買うの？」
「えっ…？」
先輩が持ってくれてるかごの中を見ると、いつの間にか私の選んだお土産でいっぱいになっていた。
「なんかいつの間にか溜まっちゃってるんですね。友達とかの分を選んでたら」
そんな私を見て先輩が笑った。
「いいよ。俺が出すからもっと好きなもの選びな？」

「そんなわけにはいきませんよ！　それぐらいのお金は持ってきてあるから大丈夫です‼」
「いいから。言ったろ？　俺、金が有り余ってるって。それに、遥の友達や家族分のお土産、俺も買ってやりたいから…。二人からってことでさ」
「でも…」
「いいの！　…会計してくるからちょっと待ってて」
そう言って先輩は行ってしまった。
本当にいいのかな？
私はふとお店の中に飾られているイルミネーションに目がいった。
そうだ！　今日はイヴだった！

すっかり忘れてた。
イヴだからと言って先輩もとくに何も言ってこないし、
先輩も忘れてるのかな？
プレゼントどうしよう。だけどケーキすごく喜んでくれたからマフラーも喜んでくれるかな？
「遥！　お待たせ。行こう」
「先輩、本当にありがとうございました！」
私の言葉に答える代わりに先輩が私の頭を撫でた。
「次、行こうぜ？」
「はい」

それから、昼食に沖縄料理を食べて　少し街をまたブラブラして。
お揃いでお米ペンダントを買ってもらって。

時間はもう３時を過ぎていた。
「っと、もうこんな時間だ…遥、ホテル戻ろう」
「あれ、先輩の行きたいとこってもう行ったんですか？」
「んー、……まぁいいから行こう」
不思議に思いながらも、
先輩に手を引かれ足早にホテルへ向かった。
────…………………
────………

そして部屋につくと先輩は荷物をまとめ始めた。
「…先輩？」
「遥も早く荷物まとめて。今から飛行機乗って奄美大島に行くから」
「ええっ!?　いっ…今からですか？」
「そう。だから早く遥も準備して。飛行機の時間、間に合わなくなっちゃうから」
「あっはい!!」
言われるまま急いで荷物をまとめ、そのまま空港へ行き、夕方過ぎには奄美大島についた。
なんだか展開が早すぎて頭がついていけない。

泊まる施設に向かうタクシーの中で私は先輩に聞いてみた。
「…先輩、なんで奄美大島に来たんですか？」
「それは着いてからのお楽しみ」
一体なんだろう？

目的地に着くとそこは海沿いに面した可愛いペンションだった。

「うわぁー可愛い」
「気に入った？」
「もしかして今日はここに泊まるんですか？」
「そうだよ。イヴだし、遥が気に入りそうなところに泊まりたかったから。気に入ってもらえたならよかった」
先輩…

部屋に入ると本当に可愛い部屋で私はものすごく気に入った。
「こんなところに泊まれるなんて夢みたいです!!」
そんな私を先輩はいきなり抱き締めてきた。
「本当はさ、旅行の初日から遥とやりたくてたまんなかったけど、やっぱ、遥とはちゃんとした記念日にやりたかったから…」
「先輩…」
だから二日間、何もしてくれなかったんだ。
「遥、なんでなんもしてくんねーんだろって思ってただろ？」
「そっ…そんなことっ…！」
「言っただろ？ 遥のことはなんでも分かるって。今日は寝かせねーからな…？」
先輩の言葉にドキドキしてしまう。
「…でもまずはご飯食べに行かなくちゃな」
———………………
—…………

それからペンションの温かい雰囲気の中で食事をして部屋に戻ってきた。
正直、あまり味を覚えてない。

だってあんなこと言われたら緊張しちゃってご飯どころじゃないよ。
「そろそろお風呂行こうか。遥、準備して」
「あっ!!　はい!」
急いで用意をして二人で浴場に向かった。
「あっ!　じゃあ先輩、また…」
女風呂へ入ろうとすると先輩が急に腕をつかんだ。
「遥、こっち」
「えっ?」
そう言って先輩は無理矢理私をさらに奥へと連れていった。
たどり着いた先の看板には、
『貸し切り風呂』
「えっ!?」
思わず赤面してしまう。
「せっ…先輩?　まっまさか…」
「そっ。ちゃんと予約しておいたんだ!」
「無理ですよっ!　だって…この前だって、それでのぼせちゃって…」
「今日はなにもしないよ。この前みたいにはなりたくないし。だから早く!」
そう言って先輩は無理矢理私をドアの中に入れた。
「1時間しか借りられないから早く入ろ」
そう言って先輩は着ている服を脱ぎ始めた。
思わず先輩に背を向けてしまう。
やっぱり無理だよー!!
「ほら、遥も早く脱いで。それとも俺が脱がしてあげる?」
「だっ大丈夫です!!　…恥ずかしいんで、先輩先に入っててく

ださい」
「別に今日、全部見せてもらうんだからいいだろ？」
先輩の言葉にさらに赤くなってしまった。
「そっ、それでもやっぱり恥ずかしいんで！」
「分かったよ。じゃあ早くおいで」
そう言って先輩はお風呂へ入っていった。
私はとりあえずひと安心して思わずため息が出てしまった。
「まさか今日になって一緒にお風呂に入るなんて思わなかった…」
だけど覚悟を決め深呼吸をしてから着ている洋服を脱ぎ始めた。
最後はもちろんしっかりとタオルを巻いて。
「よし‼」
気合いを入れてドアに手をかざす。
すると中からは先輩の鼻歌混じりの歌が聞こえた。
先輩が鼻歌なんて。なんか可愛いー…
そっと中をのぞくと、そこには泡風呂で遊ぶ先輩の姿があった。
「泡風呂だぁ！」
思わず普通に中に入ってしまった。
「遥が喜ぶと思ってペンションの人に前もってお願いしといたんだ」
先輩、本当に色々考えてくれてたんだな。
みんな私が喜ぶことばかりを。
それだけで嬉しさが込み上げてくる。
「ほら、つっ立ってないで早くこっちおいで」
私は頷きそっと泡風呂に入り、先輩と向き合うように座った。
「今日は遠くじゃないんだな？」
意地悪そうに先輩が言う。

いつもだったら照れ隠ししちゃうけど。
なんだか今日はすごい素直に言葉が出た。
「…先輩、本当にありがとうございました」
「…えっ?」
「旅行に来てから、先輩いつも私のこと考えててくれてすっごい嬉しいです。なんかちょっと嬉しすぎて夢なんじゃないかなぁなんてくらい…」
私の言葉の後に先輩はゆっくり照れたように話始めた。
「当たり前だろ？　彼氏は彼女の喜ぶことを常にしたいって思うのは。そんなことでいちいち礼なんて言わなくていーんだよ」
ぶっきらぼうに言う先輩はそれとは裏腹になんだか照れた子供のようですっごく可愛いなって思ってしまった。
私は自分から先輩の元へ歩み寄り先輩の胸元に顔を埋めた。
「はっ…遥っ!?」
先輩の胸の音がすごく早い気がする。
「私…先輩の彼女になれて本当によかった。先輩、これからも私、ずっと先輩の彼女でいてもいいのかな？」
最近、ずっとこんなことばかり考えてた。
先輩は本当に素敵な人だから。

すると、先輩は私の顎に手をやり顔を上げさせた。
「何今更そんなこと言ってんの？　遥はずっとこれからも俺の大切な人だよ。遥から離してくれって言ったって、ぜってー離さねーから…」
先輩…
先輩の顔が近づいてくる。なんだか今日はすっごくゆっくり近づいてきて、

顔をすっごく見られてて、恥ずかしい。
鼻と鼻が当たったとき、私はそっと目を閉じた。
最初はやさしいキスをいっぱいされて、
またゆっくり顔を見られて、
それがまたすごく恥ずかしい。
「先輩…あまり顔、見ないでください」
「なんで？ 遥の顔見てーんだもん。照れてる遥の顔も可愛いけどもっと違う顔の遥も見せて…？」
「えっ…？」
すると先輩はさっきまでのやさしいキスとは違う激しいキスをしてきた。
いきなり舌を入れてきて私の口の中をすごくかき乱してきて、
お風呂に入ってるせいか、余計に体がすごく熱くなってくる。
息もできないくらいでちょっと苦しい。

次第にあまりにも苦しくなってきてしまって、先輩の胸をたたこうとしたときやっと離してくれた。
そして先輩の両手が私の頬に触れると先輩と目が合う。
「そんな肩で息しちゃって…可愛いな」
また先輩の言葉に顔が赤くなる。
「俺、先に着替えて部屋行ってるから後からおいで」
そう言って軽く私にキスをすると先輩は脱衣場へと行ってしまった。
先輩が行ったあとも私のドキドキは止まらない。
先輩と、エッチしたい！　って思うけど今からこんなに緊張してて本当に今夜大丈夫かなぁ。
そのとき下腹部に激痛がはしった。

「昔からすっごい緊張すると、お腹が痛くなっちゃうんだよね」
私、大丈夫かな？

しばらくして、先輩が部屋へ帰ったのを確認すると、
私もすぐに着替えて部屋へと戻った。
部屋に入ると先輩はソファーに座りテレビを見ていた。
何気なくテレビを見るとそれはクリスマス特番。
それを見て私はプレゼントを思い出した。
今、渡さなきゃ…！

「遥！　来たなら声くらいかけろよ、びっくりするだろ？」
「あっえっと…」
そう言いながら私は自分のカバンが置いてある場所へ行きプレゼントを持って先輩の元へと行った。
「………？」
先輩が不思議そうな顔をして私を見ている。
「えっと、今どき手編みであまり上手にできてないし、きっ気に入らなかったらアレなんですけど…」
そんな私をよそに先輩は私のプレゼントを受け取る。
そして何も言わないまま中をあけた。
「…これ、遥が編んだの？」
「あっはい…」
「……」
しばらく無言の先輩。
その無言がものすごく怖かった。
先輩、
やっぱり気に入らなかったかな？

恐る恐る顔をあげて先輩の顔を見ると、
そこには顔を赤らめた、今まで見たこともない先輩がいた。

「先輩…？」
「俺、手編みのなんて生まれて初めてもらった…」
「えっ？」
先輩の意外な言葉に思わず驚いてしまった。
「すっげー嬉しい!!　気に入らないわけねーよ。俺、一生大事にする」
あまりに先輩が喜んでくれたから私まで嬉しくなった。
「そっ、そんなうまくできなかったですけど…」
「そんなことねーよ!!　本当に嬉しい。今まで生きてきた中で一番嬉しいプレゼントだし」
思わず恥ずかしくなる。
「じゃあ俺からはこれ」
「えっ？」
そう言って差し出されたのは小さな包み。
「これは…？」
「俺からも、遥にクリスマスプレゼント」
「うそ…だって、先輩、旅行に連れてきてくれたのに…」
「それとこれとは、別だろ？　いいから開けてみて」
そっと先輩からプレゼントを受け取った。
中を開けてみるとそこにはネックレスが。
「これ…？」
「気に入らなかった？」
心配そうに先輩が私の顔を覗き込んできたから私は思いっきり首を横に振った。

「これ…すごく高いやつ…」
あまりブランドに興味がない私でも分かる。
「値段は気にするな。それ、遥に似合うと思って。つけてあげるからおいで」
私は先輩の元へ行って、もらったばかりのネックレスをつけてもらった。
「やっぱ似合う」
照れたように先輩が言う。
もうすごく嬉しくって、気持ちが押さえきれなくて自分から先輩に抱きついた。
「はっ遥っ!?」
「先輩、本当にありがとうございます!!　すっごい嬉しい!!　先輩大好き…」
「遥…」
そんな私を先輩は抱き上げベッドに寝かせる。
「…今夜は邪魔も入らねーし、遥が嫌だって言っても、俺、やめねーからな？」
私だって嫌なわけないよー…
「私も…早く先輩と…したいです」
私の言葉に先輩の顔が赤くなる。
「…遥らしくないこと、言うんじゃねーよ…」
またそんな先輩にドキドキしてしまう。
「遥…好きだよ…」
先輩がやさしいやさしいキスをしてくれた。
私、本当に先輩としちゃうんだ——…
またお腹が痛くなってきちゃった。
……だけどやっぱりドキドキは止まらないよ——…

先輩の手が私の腰に回ってきてキスも激しさを増す。
先輩のキスはいつもいつも、とろけちゃいそうなくらいで、それだけで体があつくなっちゃう。

キスをしたまま、
先輩の手が私の背中へと移動していって、
ブラのホックへと手がかかる。
「!!」
先輩は手慣れた手つきでホックを外し服を捲り上げてくる。
すると唇が離れ先輩の唇は私の首元から胸元へ移動する。
片方の手も私の太ももへ移動する。
「遥…」
あまりに先輩の行為がスムーズすぎて、
なんか私の頭と体がついていけない。
そんな私に気付いたのか先輩が私に声をかけてきた。
「遥、大丈夫…?」
本当は心臓が壊れそうなくらいドキドキしてたけど、
私は首を縦に振った。
すると先輩は微笑んで、
私にまたキスをする。
片手で私の胸を触ってきた。
「キャッ…!」
思わず声が出てしまった。
「…遥、かわいー…」
そのまま先輩はずっと胸を触ってきて、
上着を脱がされて上半身は裸になってしまった。
すると、先輩は体を私から起こし先輩も上着を脱いだ。

先輩の裸をちゃんと見たのは初めてで、
すごくドキドキしてしまう。
だって男の人とは思えないくらい細くて。
だけど、ただ細いだけじゃなくて、
しっかり筋肉がついてて。
思わずときめいてしまう。

そしてまた先輩は私の上に覆いかぶさってくる。
今度はいきなり、
先輩の唇が私の胸に触れた。
「…あっ！」
今まで感じたことがない感覚が身体中をかけめぐって、
なんだか身体中に電流が走ったかんじ。
「遥…気持ちいい…？」
これが気持ちいいっていうのかな？
なんだかよく分からないよ。
だけど、
もうこのままやめてほしくない。
このままずっと続けてほしい。
————…………
———………
——………

そう思ったとき。
私の体にあの感覚が急に襲ってきた。
まっまさか…こっ…これはもしかして、
「せっ！　先輩!!　ちょっといいですかっ⁉」

「ダーメ！　…今日は嫌だって言ってもやめねーって言っただろ…？」
そう言って先輩は行為を続ける。
「そっそうじゃなくって……ごっごめんなさい‼」
私は勢いよく立ち上がり上着で胸を隠してトイレへと駆け込んだ。
「あっ…遥っ⁉」
トイレに入り深呼吸をしてそっとパンツを見る。
「やっぱり…」
あの腹痛は緊張からじゃなくってこれが原因だったんだ。
そのままトイレで上着を着てそっとトイレのドアを開けた。
するとそこにはまだ上半身裸の状態で、ものすっっごく不機嫌そうな先輩がいた。
「遥、どうしたんだ？」
私は顔を上げられないまま先輩の元へといった。
そして先輩の前に立った。
「あっ…あの…せんぱ…⁉」
そう言いかけたとき先輩は私の腕をグイッと引っ張り抱き寄せた。
「服まで着ちまって…やっぱりまだ俺とするのはやだ…？」
あっ…
先輩、傷ついた顔しちゃってる。
「あっあの‼　違うんです‼　私も…本当は先輩としたいけど…」
「けど、何？」
先輩が私の顔を覗き込んできた。
思わず顔が赤くなる。

「…けど……その…」
「なに？」
私はもう恥ずかしかったけどやけくそになりながら言った。
「生理になっちゃったんです!!!」
「えっ…」

しばらく沈黙が続いて私は気になって先輩の顔を見てみると、先輩も顔が赤くなってしまっていた。
それを見たらなんだか。
私も顔が赤くなってしまった…
―――――……………
―――……………
――…………

―…部室…
「あっはははははは!!!」
部室中に、さおり先輩の笑い声が響く。
「さおり先輩〜私、本当に落ち込んでるんですけど…」
「あっははは…ごめんごめん！　だけど、これが笑わずにはいられなくって…だっていざってときに生理になるなんて…」

……そう。
あのとき……トイレに行ったら私、タイミング悪く生理になっちゃってて。
本当、最悪…
あの日はしばらく二人とも固まっちゃってて。
だけどそのあと先輩、いきなり笑いだして。

そのあとはそのまま寝て。
それからも旅行続けて…もう、すっごい楽しかったけど。
けど!!
ものすごく先輩に申し訳ない気持ちでいっぱいだよ。
せっかく先輩があそこまでしてくれたのに。
なんでいっつも先輩とエッチできないんだろ。
「あっ！　これ、さおり先輩に…」
カバンから取り出し買ってきたお土産をさおり先輩に渡した。
「あっ！　ありがとー!!　嬉しい」
「いいえ。あっ!!　そういえば、さおり先輩こそクリスマス、例の彼とはどうなったんですか!?」
私の言葉に先輩は待ってましたと言わんばかりに話し始めた。
「遥ちゃん!!　よくぞ…よくぞ聞いてくれましたぁ！」
そう言うとさおり先輩は私の顔の前にケータイを突き出した。
その差し出されたケータイを見ると、そこにはプリクラが貼ってあった。
「これ…さおり先輩と…誰ですか？」
プリクラには相変わらず可愛いさおり先輩と横には先輩には負けちゃうけど、同じくらいかっこいい男の人が写っていた。
「やっだー！　この前、中庭で教えてあげた彼よ」
一瞬固まってしまった。
「えぇーーーー!!!?」
思わず私は大きな声を出してしまった。
「イヴの日、デートして告ったらOKもらえたの。三月が旅行に行ってくれたおかげでそれからデートの毎日だったのよ」
すごいなぁ…
あんなにオタクっぽい人が実はこんなイケメンだったなんて。

さすがはさおり先輩！　男を見る目がある。
だけど、さおり先輩すっごい幸せそう。そんなさおり先輩の姿を見るとなんだか自分のことのように嬉しい。
「いや〜話戻っちゃうけど、そんな遥ちゃんの胸まで見ておいてあの野獣三月はよく我慢できたわね」
野獣って…
「先輩は、すごくやさしかったですよ？　残りの日も私の体調気にかけてくれたり…」

そう。気まずくなっちゃうかなぁって思ってたけど。だけど、それどころか先輩はすっごくやさしくって。
「ふ〜ん、あの野獣三月がねぇー…」
「……誰が野獣だって？」
声がしたほうを見てみるとそこにはドアに寄りかかりムスッとしている先輩の姿があった。
「てめーさおり!!　俺がいないとこでいつも、遥にそんなこと言ってんのかよ！」
「そうよ。遥ちゃんが三月の魔の手にかからないように忠告してあげてるのよ！」
「…お前なぁー、」
先輩がそう言いかけたとき、さおり先輩は立ち上がり荷物を持った。
「はいはい！　私はもう先に帰るから」
「おうおう！　早く帰りやがれ！」
さおり先輩は先輩を一瞬にらんだ。
「じゃー遥ちゃん、また来年ね」
「あっ…はい!!」

さおり先輩はそう言って私に手を振ると出ていってしまった。
「まったく…遙、あまりさおりの話を真に受けるなよ？　あいつの話は半分以上が嘘だからな！」
そんな先輩を見て私は思わず笑ってしまった。

「遙‼　何笑ってんだよ！」
「あっ…すみません。二人はすごい仲良いなぁって思って」
私は幼なじみとかいないから、
見ててたまに羨ましくなる。
そんな私に気付いた先輩は私の頭をクシャクシャッと撫でた。
「せっ…先輩っ‼」
「遙には俺がいるんだからいーだろ‼」
先輩……
「遙…」
先輩が私の耳元でそっとささやいたその言葉に思わず赤面。
そんな私を見て先輩は笑ってる。
「遙、帰るぞ！」
「あっ…はい！」
私は急いで荷物を持って先輩の元へ歩み寄る。
————……………
————…………

『次はぜってーやるからな？』
うん…今度こそ先輩とエッチできますように…
そして、
来年も素敵な１年になりますように…
————…………

―――……………
――…………

そう思っていたけど、神様は見事に私を裏切った。

新年の再会

カランカラン…
パンパン!!
神社で手を合わせ祈る。
《今年も平和で…先輩とずっと一緒にいられますように…》
「遥! 終わった?」
「うん。いこっか!」

今日は元旦。
みわちゃんと二人着物を来て神社にお参りにきていた。
ケン君は。
毎年、地方のおばあちゃん家で年明けするのが決まりらしくて。
先輩は、なんでも親の付き合いでパーティーへ出席しなくてはいけないらしく。
年末からずっと会っていない。
「遥はなにお願いしたの!?」
「えっ!! …そっ、そりゃーもちろん…」
「今年こそは先輩とエッチできますように??」
からかうようにみわちゃんが言う。
「ぢっ…違うよぉ!!」
「あはは! 冗談だってばっ」

「っもーー‼」
そりゃたしかに…
ちょっと。ほんのちょっとだけお祈りしたけれど。
でも、
一番はやっぱり先輩と今年もずっと一緒にいられること…
毎日、先輩と笑っていたい。
それだけで充分だよ…

私とみわちゃんはおみくじを引いて木の枝に結んでいた。
すると、突然みわちゃんが口を開いた。
「あれ？　悠也じゃない？」
「…えっ？」
みわちゃんに言われたほうを見るとそこには本当に中嶋君の姿があった。
「本当だ！」
「あれ？　…だけど誰かと一緒じゃない？」
よく見ると中嶋君は誰か友達と二人で来ているようだった。
「ねぇ、せっかくだから声かける？」
「えっ！　やっ、やめたほうがいいよ‼　…中嶋君、友達といるみたいだし、うちらの知らない人だったらすごく気まずいじゃない」
「う〜ん…」
よかった、みわちゃんあきらめてくれたみたい。
「じゃあみわちゃん、りんご飴(あめ)でも…」
と、私が言いかけたとき、みわちゃんが私の腕をガッチリ掴(つか)んだ。
「やっぱ行こう。新年早々会ったのも何かの縁だっ！」

「えぇー！　やめたほうがいいよぉ！」
だけど私の言葉なんて聞く耳持たずなみわちゃん。
「いいからいいから」
私の話など聞かず、みわちゃんはグイグイと私を引っ張ってとうとう中嶋君がいる近くまで来てしまった。
「みっみわちゃん‼　まだバレてないし、戻ろう」
小声で私が言ったけど、だけどみわちゃんは私の言葉を完全に無視して中嶋君に話しかけた。
「悠也〜あけおめ！」
みわちゃんの声に気付き中嶋君がこちらを見た。
私とみわちゃんの姿にびっくりしてる。
少ししてから中嶋君が口を開いた。
「おう」
「おうって…。あいっかわらず口数少ない男ね！」
みわちゃんの言葉に中嶋君、あきれ顔になってる。
そんな私達に中嶋君と一緒に来ていた男の子が話しかけてきた。
「その声…もしかして美和⁉」
この声って…
「なに？　達也、高嶋達と知り合い？」
姿を見せたのは…
「うっそぉ…達也…？」
みわちゃんも驚いてる。
だって、当たり前だよ。
中嶋君と一緒にいたのは。
私の初恋の人であり初めての彼氏だった、
達也君だったんだもん。

「……遥？」
達也君も私を見てすごく驚いている。
私は、なんて言っていいか分からなくてただ頷いた。
「びっくりしたー…遥、すっげ可愛くなったな」
笑顔で達也君が私に話しかけてきた。
あっ…
この笑顔、変わらないな。私が大好きだった達也君の笑顔だ。
「ちょっとー！　達也、私は⁉　私は可愛くなった？」
「美和は相変わらず綺麗だよ」
「やっぱり⁉　…てか悠也と達也が知り合いだったなんてかなりびっくりだよー！」
「俺、転校するまで達也と同じ高校通ってたんだ。それで学校変わっても、こうやってちょくちょく会ってる」
そうだったんだ…
「…で、お前らは？」
今度は中嶋君が聞いてきた。
「うちら？　うちらは中学が一緒だったんだよ！　うちらいつも四人で一緒だったの」
「そっ！　…そんでもって遥は俺の元カノ」
「えっ…？」
達也君の言葉に一瞬、中嶋君の表情が変わった。
なっ…なんか達也君の口から元カノって言われるとちょっと変な感じがしちゃう。

「でも、本当にこんなところで、遥と再会するなんて思わなかった…」
「…ねぇ！　ここで会ったのも何かの縁だし。これからうち来

ない？」
……えっ!!
そっそれはかなりみわちゃん、気まずいんだけど!!
「…俺は別にいいけど？」
「俺もいいよ」
えぇー！
「遥も、もちろんいいわよね⁉」
そんなの…この雰囲気でいったら…
「うん…もちろん」
そう言うしかないよね。
「遥、着物苦しいでしょ？　着替えてから来なよ」
「うっうん…」

私はそのまま家に帰り、お母さんに着物を脱がせてもらって、再びみわちゃん家へと向かった。
歩いてる途中思わずため息が出てしまう。
思わぬ再会で本当にびっくりしたけど、
だけど…久しぶりに達也君と会ったけど、すごく大人っぽくなってたな。
相変わらずあの笑顔は変わらなかったけど。
だけど本当世間って狭い。まさか中嶋君と達也君が知り合いだったなんて。

そんなことを考えてる間にみわちゃん家についてしまった。
「遥ー！　遅かったじゃない！」
みわちゃんも、もう着物じゃなくて私服姿になっていた。
「ごめんね。なんか着物脱ぐのに時間かかっちゃって…」

「早く、私の部屋行こ！」
みわちゃんに手を引かれ部屋へ行くと、二人はもうくつろぎ状態だった。
「ねぇねぇ、何か食べたくない？　買い出し行こう。みんなで行っても仕方ないしジャンケンで決めよー！」
そんなみわちゃんを見て達也君はあきれ顔で言った。
「ったく、相変わらず美和は変わんねーな。よくケンのヤツ美和と付き合ってられるよ」
「あぁ、それは俺も思ってた」
「なによー！　ケンは私、一筋よ」
何だか三人のやりとりがすっごくおもしろくて、陰で一人、笑ってしまっていた。
こんな感じ久しぶり。
ちょっと中学時代に戻ったみたいだ。

それからジャンケンで決めて、私と達也君が買い出しに行くことになった。
……だけど、いざ二人っきりになると、気まずさがアップしてしばらく無言で歩いていた。
すると先に口を開いたのは達也君だった。
「…遥、高校入ってから元気だった？」
「うっうん…。達也君は？」
「俺も元気だったよ。遥はもう、彼氏いるんだって？」
みわちゃんが話したのかな？
「うん…いるよ。達也君は？」
「俺？　…俺は、クリスマスまではいたんだけど…振られちまって。だから悠也と初詣来てたんだ」

「そっか…」
ヤバイ。すっごくマズイこと聞いちゃって、気まずさアップしちゃったよぉ～！
そんなことを考えてる私の横で達也君がこらえたように笑いだした。
「たっ達也くん？」
笑いをこらえながら達也君が口を開いた。
「ごめんごめん！　いや、遥は変わんねーなって思ってさ。考え事するといっつも顔に出てまって」
達也君の言葉に思わず顔が赤くなる。
私ってそんなに顔に出ちゃってるのかな⁉
今まで気付かなかったけど、だから先輩にも嘘がつけないのかな？
達也君が話を続ける。
「だけどさ、俺はそんな遥がすっげー好きだったんだ。めっちゃ可愛いって思った」
その言葉に私の顔はさらに赤くなる。
「…俺達、なんか微妙な別れ方しちまっただろ？　遥は俺にとって初めての彼女だったから。こうやってもう１回ちゃんと話すことができてよかった！　こんな俺なんかと付き合ってくれてありがとな」
その言葉に私の胸がキューってなって…私も伝えずにはいられなかった。
「達也君…私の方こそありがとう。私も、達也君が初めての彼氏で本当によかったよ。私も達也君のその笑顔が本当に大好きだった」
私の言葉に達也君は一瞬、表情が変わったけど、すぐにあの大

好きな笑顔になった。
「なんか、俺達すっげー恥ずかしいな。お互いこんなこと言ってさ？」
私も思わず笑ってしまった。
「俺もまたきっとこの先、彼女ができるし、遥にも彼氏いるし。でもさ、俺にとっては遥が初めての彼女だったことは一生変わらないから。なんかなんて言ったらいいかわかんねーんだけどさ…」
「…ううん。分かるよ。私もきっと達也君のこと忘れないし、私にとっても達也君とは素敵な思い出でいっぱいだから。だから、あまり気にしないで」
「さすが遥！　もし、またこの先、こんな風に偶然出会うことがあったら今日みたいに笑い合って話そうな？」
「うん!!」

やっぱり達也君はすっごく素敵な人。
私の初めての彼氏が達也君で本当によかった。
別れてこんなふうに再会しても、こんなに昔のことに気を使ってくれる人なんてなかなかいないよね。
私、本当に達也君の初めての彼女になれてよかったって、
今日、改めて実感したよ？

それから私たちは、コンビニでお菓子やジュースを買ってみわちゃん家に戻ってそれから四人で楽しく過ごした。
――――――……………
――――……………

先に中嶋君と達也君が帰り私はみわちゃん家に残ってちょっと話をしていた。
「遥…今日、大丈夫だった？」
「えっ…？」
「よく、考えてみるとさ、私が悠也に声かけなければ達也に再会することなかったじゃん？　なんか、ごめんね」
みわちゃん…
私は笑顔でみわちゃんに言った。
「そんなことないよ。逆に今日、達也君と会えて、久しぶりに話すことができて本当によかったって思ってるよ。みわちゃんにもすっごく感謝してる！　だってみわちゃんが中嶋君に話しかけなかったら私、達也君に会えなかったもん」
「遥…」
そう言うとみわちゃんは私に抱きついてきた。
「わぁ‼　みわちゃんっ⁉」
「今、なんとなく遥に抱きつきたくなった‼」
だけど一番嬉しかったのはみわちゃんが私にそんなふうに言葉をかけてくれたことだよ？
それが一番嬉しかった…
―――――…………
―――――…………

少しして私はみわちゃん家を後にした。
辺りを見回すとすっかり暗くなっていた。
１月の冬の寒さがすごく身に染みる。
「ヤバイ。お母さん心配してるかな？」
私は足早に家路についた。

家の近くまでくると玄関に人影が見えた。
「…あれ？」
あの身長の高さってもしかして。
自然と足も早くなる。
近くへ行くとやっぱりそこにいたのは先輩だった。
「先輩っ!?」
私が声をかけると先輩は笑顔で答えた。
「遥っ…よかった、会えて」
ふと、先輩の手を触るとすごく冷たかった。
「…先輩、いつからここに？」
こんなに冷たくなってて。かなりの時間、こうしてないとここまでは冷たくならないよ。
「いや、やっぱちゃんと遥の顔をみて、おめでとうって言いたかったからさ…」
先輩の言葉に胸がしめつけられる。
「だけど、それで先輩が風邪引いちゃったら私…」
「…じゃあ、遥があたためて？」
「えっ…？」
そう言うと先輩は私を抱き締めた。
先輩の体はやっぱり冷たくなってて…
私は自然に自分の両手を先輩の背中に回した。

しばらくして離れ、先輩の冷たい両手が私の頬に触れる。
そして私の目をじっとみつめながら先輩が口を開いた。
「遥…今年もよろしくな？」
その言葉に私は頷きそっと目を閉じた。

先輩の鼻と私の鼻が触れた。
その時!!!
「あらー!! 三月君じゃない!」
私たちの後ろから声が。
この声はもちろん、
「おっ……お母さん!!!」
「もう! 遥ったら! こんな寒い所で立ち話なんてしちゃってダメでしょ? さぁさ、上がってください」
「お母さんってばっ…」
「じゃあ、お言葉に甘えて…」
「先輩…?」
「じゃあお家に入りましょ」
先頭をきってお母さんが行く。
私はお母さんに聞こえないようそっと先輩に言った。
「…先輩、ごめんなさい…」
「なんで? 俺は嬉しいよ。遥のお母さんに好かれるのは」
「でも…」
そんな私に先輩は不意打ちのごとくキスをする。
その行為に思わず顔が赤くなってしまった。
「ほら! いこ」
差し出された手に私は赤くなりながらも自分から手をとった。
先輩…
私の方こそ今年もよろしくお願いします。

ううん、
今年だけじゃなくって、来年も再来年もその先もずっとずっと一緒にいられますように——………

――――…………………
――――……………
――――………

達也君。私は今はこんなにも、すっごく幸せだよ？
達也君にも、
私みたいにこんなに好きになれる人と幸せになってほしい。
会えなくても、人と人は繋がってるから。
きっとまた近いうちに出会えるんだよね？
そのときは本当にお互い幸せになってて笑いながら話したいね。
――――…………………
――――………………
――――…………
――…………

そう思ってたけど…
まさか私と達也君のこの偶然の再会にもっと違う意味があったなんて、
このときは全く分からなかった。

まさか、またあんな形で再会してしまうなんて、
私は本当に夢にも思わなかったよ。

新学期

『おはよー！』
『おはよう。元気だった？』
昇降口付近ではそんな声が行き交う。
そう、今日から新学期。
今日はさすがに朝練はなかったから普通に登校。
だけどついついクセで早く学校へ来てしまった。

教室へ入るといつものように中嶋君が来ていて席に座って音楽を聞いていた。
なんか、中嶋君のこの姿を見ると落ち着くなぁ。
そう思いながらも私は席につき中嶋に話しかけた。
「中嶋君、おはよう！」
私の声に気付き中嶋君はヘッドホンを外した。
「おう。おはよう」
そして、相変わらず口数が少ないなぁー…
「中嶋君は相変わらず朝早いね。…一度聞きたかったんだけど、なんでそんなに早いの？」
「親父が警察官だから…。だからいつも、早く行けって、起こされる」
「そうだったんだぁー！　…だけど、お父さんが警察官なんて

すごいね！」
「そう？　前も言ったけど引っ越しばっかで大変だよ？」
ヤバイ。
なんで私ってばこう、いつもいつも変なこと聞いちゃうんだろ。
落ち込んでると中嶋君が口を開いた。
「この前は、なんか悪かったな」
「えっ…？」
中嶋君の意外な言葉に私はびっくりした。
「達也と、さ、中学ん時付き合ってたんだろ？　…気まずくなかったか？」
中嶋君…もしかして、ずっと気にかけてくれてたのかな？
「ううん！　全然大丈夫だったよ？　逆にあそこで会えてよかったよ。久しぶりに話ができて嬉しかった」
私の言葉に中嶋君はなんだか戸惑っていた感じだった。
「まさか、俺、達也と高嶋が昔、付き合ってたなんて知らなかった…」
「あっ…うん、私も中嶋君と達也君が友達だったのにびっくりしちゃったよ！　世間って狭いよね」
「いや、そうじゃなくて」
「え？」
中嶋君の表情が少し変わったような気がした。
「そうじゃなくて、二人が昔、付き合ってたなんて知ってたら俺は達也と高嶋を会わせたくなかった」
「えっ…？　そっ…それって…」
と、私が言いかけたとき。
「遥、悠也ー！　おっはよう」
みわちゃんとケン君が来た。

「あっ…おはよう！」
「遙ちゃん、久しぶり‼」
チラッと中嶋君を見ると、あいさつだけして、またヘッドホンを付け音楽を聞き始めた。
あれ？
なんだったのかな？
そんなことを考えてるとケン君に小声で話しかけられた。
「なぁ遙ちゃん？　あとで美和に見つからないとこで話できねーかな？　…内緒で」
照れたように小声でケン君が話しかけてきた。
「うん。分かったよ」
「助かる。…じゃーまた」
なんだろ…ケン君が話なんてすっごく珍しい。
もしかしてみわちゃんと何かあったのかな？

それからＨＲが始まって始業式が始まるまでの間にケン君と、こっそり教室を抜け出した。
「わりぃな、遙ちゃん」
「ううん！　それより、ケン君が私に話なんて珍しいね。…どうしたの？」
するとケン君は少し顔を赤らめながら話し始めた。
「あのさ、遙ちゃん知ってると思うけど美和のやつ、そろそろ誕生日じゃん？　それで、美和なにが欲しいか知ってるかなって思ってさ」
「そうだったねー！　もう来月にはみわちゃんの誕生日だったよね。うぅ〜ん…。みわちゃんは、ケン君からもらえる物だったらなんでも嬉しいと思うよ？」

「うん、まぁ、それはなんとなく分かんだけど。女の好みって俺にはよく分からなくてさ。やっぱ、誕生日は特別だと思うし」
ケン君って本当にみわちゃんのことが大好きなんだなぁー…
「私だったら、好きな人が選んでくれた物ならなんでも嬉しいよ？　だけど、やっぱもらうとしたら、いつも身に着けられてる物が一番嬉しいかな？　離れていても、なんかずっと一緒にいられるような気がするし」
「そっか。実は俺、そういうもん、渡したことないんだよな…」
「じゃあなおさらだよ！　絶対みわちゃん喜ぶと思うよ」
「そっかぁー…、ありがとな。それで、重ね重ね申し訳ないんだけど、よかったらプレゼント買うとき一緒に…」
申し訳なさそうにケン君が言うから、なんかその姿が可愛く見えて思わず笑ってしまった。
「私でよかったら付き合うよ」
「まじっ⁉　よかったー！　ありがとな」
ケン君があまりに嬉しそうに笑うから私までつられて笑顔になってしまった。
みわちゃんは幸せ者だね？　こんなにケン君に想われてて。
好きな人に自分が生まれた日をお祝いしてもらえるなんてすっごく幸せだよね。
私も４月の誕生日、先輩、お祝いしてくれるかな？
一緒に過ごしてくれるかなぁ？
ーんっ⁉
そういえば先輩の誕生日っていつ？
ううんっ!!!
っていうか私ってば先輩に誕生日聞いたことないよぉ!!!
ヤバイ。

私ってば彼女失格じゃない‼

放課後―…
「先輩の誕生日っていつですかっ‼︎」
「へっ？」
今日は始業式だから学校は午前中だけ。
部活動も今日はお休み。
それで、私に付き合ってくれてる先輩と今は図書室にいる。
「どうしたの？　遥…急に」
「だっ…だって。先輩は私の誕生日って分かりますか？」
「4月12日だろ？」
「えぇ～！　先輩、なんで知ってるんですか⁉」
だって、私先輩に教えた覚えないよ？
「なんでって…会ったばっかの頃、俺、遥の学生証見たって言っただろ⁉︎　そんとき見た」
「よく覚えてますね」
私の言葉に先輩は笑って私の頭を撫でながら言った。
「だって、好きな女のことだぜ？　そんな大事なことぜってー忘れねーよ」
もう、先輩ってばなんでこう恥ずかしいことをいつもサラッと言えちゃうのかな？
「ごめんなさい。私、先輩の誕生日、分からないです…」
彼女失格だよ。
しょんぼりしている私を先輩はやさしく抱き締めてくれた。
「なんだ、そんなこと。だって、言ってねーもん、当たり前じゃん？　そんなことでいちいち落ち込むなよ」
「あっ…じゃっ、じゃあ‼︎　先輩の誕生日っていつなんです

か!?」
私が聞くとなんだか先輩は少し気まずそうな顔をした。
そしてゆっくりと驚く発言をした。
「今度の日曜」
「えっ……」
私は一瞬、固まってしまった。
えっ…今度の日曜ってあと５日しかないじゃんっ!!
そんな私を見て先輩はゆっくり話し始めた。
「遥、別にそんな誕生日だからって俺は遥に何もしてもらおーなんて思ってないよ？　俺は遥がずっとそばにいてくれればそれが最高のプレゼントだから…」
先輩の言葉を聞くと、一言一言がすごく心の中にしみ込んできて、
胸がすっごく苦しくなった。
「だけど、やっぱり付き合って初めての先輩の誕生日、私は一緒にお祝いしたいです」
「じゃあ、日曜はずっと一緒にいてくれる？　部活も休みにするし」
「それはもちろん!!」
私の言葉に先輩が笑顔になる。
「じゃあ他には何もいらないよ？」
そう言ってまた先輩はキツく私を抱き締めた。
最近、すっごく先輩は笑ってる顔を見せてくれるようになって、それがすごく嬉しいんだけど、そのたびいつもドキドキさせられちゃう。
だけど、あんな笑顔誰にも見せてほしくないな。
あの先輩の笑顔を見られるのは私だけにしてほしい。

「遥…」
抱き締められていた体が離れ先輩が私を見つめる。
いつもいつも見つめられるたびに、先輩がかっこよすぎて私はドキドキしちゃう。
そのままゆっくりと先輩の顔が近づいてきて。
私はそっと目を閉じた。
そしてゆっくりと唇が重なる。
初めて先輩とキスしてからもう何回したかな？
数えられないくらいしてるよね？
でも、先輩のキスっていつも違くて、
だけどね？　絶対いつもやさしいやさしいキスなんだよ？
───……
──……

「えぇ～三月の誕生日を知らなかったぁ!?」
「……ハイ」
次の日。
いつものように朝練が終わってからの、さおり先輩とのお話タイム。
「…ありえない。まず付き合い始めたら彼氏の誕生日をチェックしない？」
「だっ…だって…」
付き合う前から何度襲われそうになったか。付き合い始めた日だっていきなりホテルの部屋だったし。
「まぁ、付き合う前から遥ちゃん、襲われてて。それどころじゃなかったかぁ…」
さおり先輩の言葉に私は何回も頷いた。

「それで、三月には何あげるの？」
「先輩は、ただ１日中一緒にいてくれればいいって言ってくれたんですけど…でも、やっぱりわたしとしては何かあげたいです」
「そんなの、一つしかないじゃない」
「…えっ？　…そっ、それはなんですか？」
私は身を乗り出してさおり先輩の言葉に耳を傾けた。
「そ・れ・は!!　…すばり遥ちゃんの体よ」
さおり先輩の言葉に一気に私の顔は赤面してしまった。
「なっ…なに言って…」
さおり先輩の思わぬ発言に私は言葉が出なかった。
「えぇ～だって、三月はそれが一番喜ぶと思うよ？　クリスマスのときだってあと一歩のところで、できなかったわけだし」
「そっ…それでも、やっぱり自分からなんて…」
そんな私の肩をポンッと叩き、さおり先輩が言った。
「遥ちゃん！　男はやっぱり女から誘われたほうが数倍燃えるし嬉しいものなんだよ。…ここは、もう覚悟を決めて」
「そんなぁ～…」
そしてさらに、さおり先輩の口からダメ出しのひと言が…
「勝負下着選びだったらいつでも付き合うから」
その言葉に私はもう何も言えなくなってしまった。
そりゃ、それが一番喜ぶのかもしれないけど…まさか自分からなんて。
そんなこと、先輩に言う前に私が緊張しすぎて心臓止まっちゃうよぉー…
————————…………………
————————……………

それから私はそのことばっかり考える日々で。あっという間に土曜日になってしまった。

「遥ちゃん！　いよいよ明日だね」
「はい…」
なんだか今日のさおり先輩はいつもに増して上機嫌のような気がする。
「そこで‼　私からのプレゼント」
そう言って差し出されたのはきれいにラッピングされた袋。
「えっ…？　私にですか？」
「そう」
「わぁ〜なんだろ？　今開けてもいいですか？」
「もちろん」
私はドキドキしながらきれいにラッピングされた袋を開け始めた。
そんな私の横でなぜか、さおり先輩はニヤニヤしながら見ている。
その意味を開けてみて理解できた。

「こっ…これは…」
思わず固まってしまう。
「どう？　サイズは合ってる？　合宿のとき、見た感じそんなもんかなって思って買ったんだけど」
「サッ…サイズは合ってますけど、これは…」
「もちろん明日用の勝負下着よ！」
「えぇ〜！」

「気に入らなかった？」
「あっ…いいえ、ものすっごく可愛い下着ですけど」
さおり先輩がプレゼントしてくれた下着は上下セットの薄いピンク色でフリルが付いてて。
すごく可愛い。
「これを付ければあのＳ男、三月も一発KOよ‼」
「誰がＳ男だって？」
声がした先にはまたドアに寄りかかり、顔を引きつらせながらご機嫌ななめな先輩が立っていた。
「三月っ！　あんたってばまた勝手に部室の中に入ってきて‼」
私は慌ててさっき、さおり先輩からもらった下着を隠した。
「嫌でもさおりが俺の悪口を言ってっと耳に入ってきちまうんだよっ‼　っでいつも、お前は遥にそうゆうこと言うわけ？」
「なによ‼　事実でしょ⁉　いっつも遥ちゃんのこと無理矢理、襲って興奮してるくせにっ！」
思わず赤面…
さおり先輩は勝ち誇った顔してて…さすがの先輩もさっきの言葉に少し顔が赤くなってる。
「さおり…てめー、それでも女かっ？」
ちょっとくやしそうに先輩が言った。
「どこをどう見ても女でしょ」
「…っせーなぁ‼　好きだけど振り向いてくれなかったからあんときはあぁするしかなかったんだよっ‼！　だけど、今はそんなことしてねーよっ！」
先輩の言葉に私はますます赤面してしまう。
なにも、先輩ってばこんなとこでそんなこと言わなくても。

223

「遥っ‼　帰るぞっ！」
「あっ！　はいっ‼」
先輩の言葉に私は慌てて荷物を持って先輩の元へ行った。
「あら、三月、負け逃げする気？」
「っせーな‼　もともと俺は遥に用があって来たんだよっ！」
そう言い先輩は私の腕をつかんで部室を出た。
「あっ…さおり先輩、さようならっ！　…あと、ありがとうございました！」
そう言うとさおり先輩は笑ってウィンクをした。

部室を出て少ししたところで足を止め、先輩は私の方を見た。
先輩の足はいつもながら歩くのが早いから、体力のない私の息は上がってしまう。
「…先輩？」
すると先輩は少し気まずそうに話し始めた。
「さおりが、マジ何て言ったか知らねーけど…。俺、昔みてーに、遥に無理矢理やらねーからな？」
先輩…
そんなの、もうよく分かってるよ？
「…明日、9時に迎えに行くから」
「あっ…はい‼」
――――――………………
――――………………

そのまま先輩は私の手を握って家まで送ってくれた。
部屋に入ると私は制服のままベッドに倒れ込んだ。
先輩、気にしてるのかな？　出会って最初の頃のこと。

たしかに、あの時はすっごく嫌だったけど。だけど、だからって私は先輩のこと嫌いにならないよ？
それどころか、どんどん好きになってるよ？
私はふと考え、ベッドから起き上がるとそのまま着替え下に降りていった。
「お母さん。ちょっとキッチン借りるね」
「いいけど…なに作るの？」
「えっ!?」
どうせ、隠しても明日、先輩が迎えに来てくれるからバレちゃうしな。
「先輩が明日誕生日だから、クッキー作ろうと思って」
私の言葉にお母さんは目を真ん丸く見開いた。
「まぁぁぁ!!! 大変じゃない！ なにボサッとしてるの！早く作りなさい!!」
「おっ…お母さん…」
「おいし～いクッキーを作って三月君に愛想尽かされないようにしなさい！」
お母さんにあきれつつも私はクッキーを作り始めた。
先輩は何もいらないって言ってたけど…
やっぱりなんでもいいから先輩に渡したいよー…
クリスマスのとき、ケーキ渡したら先輩、すっごく喜んでくれたし。
また喜んでくれるかな？
そう思いながら私はクッキーを焼き、そして綺麗にラッピングをした。
「…よし！ 意外にうまくできた」
明日、喜んでくれるかな？ あれ？ そういえば、先輩は明日、

225

どこに行くつもりなのかな？
私はふと、カバンの中に入れたさおり先輩からもらった下着を思い出した。
あれ…つけていこう…かな？
もっ…もしもってことがあるかもだしっ!!!
それに、
やっぱり私も、早く先輩とエッチしたい。
なんでいつも、そう思ってるときには必ずできないのかなぁ。
最近じゃ先輩、手をつないだり抱き締めてくれたりはするけど、
それ以上のことはなかなかしてくれないんだもん。

ハッ!!!!!
べっ！　別にしてほしいって思ってるわけじゃなくってっ!!!
そっ…それよりこんなこと考えちゃう私ってば、
私は一人で考え一人で赤くなってしまった。
「ハァー、私ってば何考えてんだろ。早く寝よ」
そのままお風呂に入って布団に入り眠りについた。
————………
——………

次の日の朝。
時計の針は早朝の５時半をさそうとしていた。
「遥!!!　起きなさいっ！」
お母さんの大きな声で飛び起きた。
「おっ…お母さんっ!??」
「一体何時まで寝てるのっ!!!」
「何時までって…」

ふと時計を見るとまだ朝の５時半。
「お母さんこそ何時だと思ってるのよっ！　まだ５時半じゃないっ!!!」
ありえない！　こんなに早く起こすなんて。
「なーに言ってるの！　今日は三月君の誕生日なのよっ？　早く起きてシャワー浴びてきなさい!!」
お母さんの怒鳴り声に渋々私はシャワーを浴びに行った。

「もう、お母さんってば一体なに考えてるのよ」
普通にシャワーを浴びて早々と出た。
すると脱衣所には私の服が用意されていた。
下着はあのさおり先輩がくれた勝負下着。
「お母さんってば私のタンスを勝手にっ…！」
ちゃっかり下着まで。
「遥ー？　出たの？　そしたら早く着替えてこっち来てー！」
本当にお母さんってばなに考えてるのよー…
着替えて出ると、そこにはメイク道具を持って待ち構えてるお母さんの姿があった。
「まさか、お化粧する気⁉」
「もちろん。一緒にヘアースタイルも決めてあげるわっ！」
妙に張り切るお母さんを見て私は降参しお母さんにすべて預けた。
「いや～まさか、遥にお化粧してあげられる日がくるなんてね」
「…お母さんって化粧、うまいの？」
「っまー！　失礼ね！　これでも遥を産むまでバリバリのキャリアウーマンだったのよっ⁉　化粧しない日はないってくらい毎日してたから腕はたしかよ」

「そうなの？」
なんか意外…私は専業主婦のお母さんしか知らないからなぁ。

「お母さんね、実を言うと遥が産まれてからもずっと男の子がほしかったの。だけどなかなか恵まれなくって。だから、遥に彼氏ができるのを心待ちにしてたのよ？」
そうだったんだ…
「それで、やっと彼氏が来たと思ったらあ〜んなイケメン君だったでしょ？　お母さんはもう嬉しくって嬉しくって。遥があんなにかっこいい人をゲットできるなんて、お母さん、夢にも思わなかったから」
お母さんの言葉になぜか赤くなっちゃう。
「だから、遥に頑張ってほしいのよ。…それに三月君と結婚してくれたら可愛い孫が期待できそうだしねっ！」
まっ…孫って…!!
私は顔がさらに真っ赤になってしまった。
お母さんってば一体なに考えてるのよっ!!　いっ……いきなり孫だなんて…！
第一、私と先輩はまだそうゆうことすらしてないのに…
「…はい！　お化粧終わり」
お母さんにそう言われ、鏡を見てみると、そこにはまるで別人の私がいた。
「お母さん、本当にお化粧、上手だね。…なんか私じゃないみたい…」
「ふふふ。次はヘアースタイルね！」
お母さんは本当に手慣れた手つきで。
私はまるでお母さんに魔法をかけられてるようだった。

「はい。可愛い！」
「すごい…」
「なーに言ってるのよ！　遥は元々可愛かったわよ。…女は化粧や髪型一つですっごく変わるものなのよ」
なんだかそんなことを言われると照れてしまう。
「早く三月君に見せてあげたいわね」
「うっ…うん。お母さん、ありがとうね？」
お母さんに『ありがとう』なんて言葉、こうやって面と向かって言ったことなかったから。
すごく恥ずかしい。
そんな私の言葉にお母さんはすごく驚いた顔をして、それからゆっくり口を開いた。
「なに言ってんのよ！　お母さんなんだから当たり前でしょ⁉」
お母さんなんて、最近はちょっとうっとぉしいって思ってた自分が今、すっごく恥ずかしく思った。
————…………………
————……………

それからしばらくすると先輩が来た。
やっぱり先輩が来るとお母さんってば恥ずかしいくらいはしゃいじゃってた。
だけど、今日はそんなお母さんがすごく可愛く見えちゃった。
————……………
————……………
————…………

「なんか、恥ずかしいお母さんでごめんなさい」
「なんで？　俺は遥のお母さんすっげー好きだよ？　遥を産んでくれた人だし」
そんな先輩の言葉が嬉しい。
「それより今日の遥ヤバイ…」
「えっ？」
顔を上げてみると、そこにはこっちは見てないけど、顔が赤い先輩がいた。
「マジすっげー可愛くって、最初見たときかなりびっくりした」
先輩に誉められちゃうとすごく嬉しくって恥ずかしくなる。
「あんま、俺以外と会うときは、そんな可愛いかっこすんなよ？」
先輩があまりにも照れたように言うから、私は嬉しくって先輩がなんだか可愛く見えて、思わず笑ってしまった。
「なに笑ってんだよっ！　……ほら、早く行くぞ？」
「…はい！」
そして、差し出された手を私は握りしめた。

先輩が生まれた今日１日が素敵な素敵な日になりますように…

三月のBirthday

「先輩、一体どこに行くんですか⁉」
「内緒」
そう言って先輩はまたスタスタと歩き続けてる。
一体どこ行くんだろ？
いつもなら言ってくれるのになぁ…

しばらく街を歩いていると映画館の前にたどり着いた。
もしかして、映画見るのかな？
「遥、映画見てもいい？」
「そりゃ、もちろん…」
「じゃあちょっと、待ってて」
そう言って先輩はチケットを買いに行った。
それを見て私も慌てて先輩の元へ駆け寄った。
「先輩っ！　今日は私が出しますっ！」
先輩の誕生日なのにお金出してもらうわけにいかないよぉ…
「いいの！　俺が誘ったんだから。第一、俺は女に金出させたくねー主義だから！」
そう言って先輩は私にチケットを差し出した。
「すみません」
「なーに謝ってんだよ。早く入ろ？」

一緒に見た映画はやっぱり恋愛もので、
すごく感動してしまった。
上映中はずっと先輩と手をつないでた。

「映画、けっこーおもしろかったな」
「はい！　ちょっと、感動しちゃいました」
そんな私を見て先輩はクスッと笑い私の耳元でそっとささやいた。
その言葉に私の顔は一気に赤くなる。
「行こ？」
そんな私の手を引き先輩は歩きだした。

《そんな遥が可愛い》
本当、どうして先輩っていつもいつもそうゆうことをサラッと言えちゃうのかなぁ…？
―――――………………
―――………………

しばらく歩いてたどりついたのは駅だった。
「今からちょっと、電車乗るから」
「電車乗ってどこ行くんですか？」
「秘密」
先輩はまた笑顔でごまかした。
私、本当に先輩のこの笑顔には弱いなぁー…
この笑顔を見せられちゃうと何も言えなくなっちゃうよ。
しばらく電車に揺られてたどり着いた先は、ちょっとした田舎

町だった。
「遥、ちょっと歩くけど大丈夫？」
「はい。だけど、先輩、本当にどこに行くんですか？」
すると、やっと先輩が口を開いた。
「俺が一番落ち着ける場所」
それだけ言って先輩は歩き始めた。
本当にどこ行くんだろう？

しばらく歩いてたどり着いた先は昔の面影が残る古びた一軒家だった。
表札を見てみるとそこには。
【斎藤】
という文字が。
「えっ…先輩ここって…？」
「そっ。俺のばぁちゃん家だよ」
「えぇぇぇっ‼」
あまりにびっくりして思わず大きな声を出してしまった。
だって…いきなり先輩のおばあちゃんに会うなんて、心の準備がまだっ…
『あらっ…来たのかな？』
私の大きな声に気付いたのか家の中から声がした。
そして現れたのは、すっごくやさしそうなおばあちゃんだった。
「ばぁちゃん！　元気だったか？」
まるで子供のようにおばあちゃんの元へ駆け寄る先輩。
「みっちゃん！　しばらく見ないうちに大きくなったねぇ。そちらさんがみっちゃんの？」

おばあちゃんの視線が私に向く。
思わず変な緊張が体中を駆け巡った。
「あっ…はっ、はじめましてっ‼」
大きくお辞儀をする私。
なんだかあまりにオーバーすぎて恥ずかしい。
「そっ！　俺の彼女の遥。…遥、俺のばぁちゃん」
先輩にちゃんと彼女として紹介されるとすごく嬉しい。
「おや、まぁ…またすごく可愛いお嬢さんだこと。初めまして、三月の祖母です」
「あっ！　高嶋遥です！」
「なぁ、ばあちゃん俺らまだ昼飯食ってなくって…何かある？」
「もちろんあるよ。来るって連絡もらってたからちゃんと用意しておいたよ。早く中へお入り」
おばあちゃんに案内されて家の中に入ると、中はすごく和風テイストでなんだかうちのおばあちゃん家と似ていて、すごく落ち着ける感じだった。
昼食は本当に豪華で、田舎料理だけどすっごくおいしくってびっくりした。
「うまいだろ？　ばあちゃんの料理は」
「はいっ‼　とっても」
「昔の料理だから。お口に合うかわからないけど」
「そんなことないですよっ！　すっごくおいしいです」
「それはよかったわ。今日はみっちゃんの誕生日だったから。まさか、うちに来てくれるとは思わなくってねぇ。しかもこんな可愛い彼女を連れて」
「なっなーに言ってんだよ！　ばぁちゃん‼」
あっ…先輩ってば照れてる。

「だって本当に嬉しいんだもの。まさかこんなに早く連れてきてもらえるとは思わなかったしねぇー」
おばあちゃんの言葉に不思議そうな顔をしている私に照れ臭そうに先輩が話し始めた。
「ばあちゃんとさ、小さい頃約束したんだ。大きくなって、本気で一緒になりたい人ができたら、一番にばあちゃんに会わせてやるって」
「えっ?」
「俺、さ、遥のことマジだから」
先輩の言葉に私の胸が高鳴る。
「それに、早くばあちゃんに遥を会わせたかったんだ。内緒で連れてきちまってごめんな?」
先輩の言葉がすごくすごく嬉しくって、
こんなに嬉しい気持ちでいっぱいなのに、謝ることないよ。
私は首を横に振った。
そしていつの間にか嬉しくって涙があふれてきてしまった。
「なっ…! どうしたんだっ!? 遥っ」
私の突然の涙に先輩も驚いている。
「ごめんなさい。なんかあまりにも嬉しくって…」
おばあちゃんがいる前で私は泣いてしまった。
だってあまりにも嬉しかったから。
そんな私たちをおばあちゃんはやさしい目で見つめていた。

ご飯を食べおわったあと、私はおばあちゃんと一緒に後片付けをしていた。
「ごめんなさいね。手伝わせちゃって…」
「いいえ! 全然ですよ! こちらこそ、すっかりご馳走にな

っちゃって。しかも、あんな恥ずかしい姿を見せてしまって…」
思わず目線を下げてしまった。
「いいえ。私はなんだか嬉しくなったわ」
「…えっ？」
「みっちゃんは…家庭があんな感じだから、小さい頃から友達といてもなんか、一線を引いてる感じに見えて。明るいけど、なんかどこか隠してるところがあったから。
だけど、遥ちゃんに対するみっちゃんはなんだか特別ってかんじに見えて、やっと素直に全部見せられる人と出会ったと思うと嬉しいわ…」
おばあちゃんの言葉に続くように私はゆっくりと話し始めた。
「私は、先輩にとって、おばあちゃんが思ってるような存在ではないと思います。その、さっき言ってた先輩のお家のことも、よく知らないし正直、先輩には私なんかでいいのかなぁって…いつも思ってしまうし…」

ううん。先輩がいつも私に嬉しい言葉をくれるたび思ってた。
先輩は私なんかでいいのかなって。
そんな私を見ておばあちゃんはやさしい言葉をかけてくれた。
「そんなの、今からたくさん知っていけばいいのよ。お互いが他人なんですもの、いきなりお互いのことを理解しようって方が難しいわ。一番大切なのは、今のお互いの気持ちだと思うわ」
「………」
おばあちゃんの言葉に私はうまく言葉が出てこなくって返すことができなかった。
だけど、私の胸の奥にまでおばあちゃんの言葉がすごく響いた。
────……………

———……………

それからしばらく三人でおしゃべりしたりして。
外はすっかり暗くなってしまっていた。
「じゃあ、ばあちゃん俺たちそろそろ帰るから…」
「おや、本当だ。楽しい時間は本当にあっという間だねぇー…。遥ちゃんをちゃんと送るのよ？」
「分かってるよ。…遥、帰ろう」
「はいっ！」
「今日は本当に来てくれてありがと。またいつでも二人でおいで」
「あぁ、またすぐくるよ」
「本当に、今日はありがとうございました」

帰り際、おばあちゃんが私にそっと声をかけてくれた。
「私は今の遥ちゃんが、とってもみっちゃんにお似合いだと思ってるから…みっちゃんをよろしくね？」
「………はい！」
おばあちゃんの言葉に私は思わず涙が出そうになったけど、ぐっとこらえた。
「じゃーな！　ばあちゃん‼」
私と先輩はおばあちゃん家をあとにした。
おばあちゃんは私たちが見えなくなるまでずっとずっと手を振ってくれていた。
「すっごくいいおばあちゃんですね」
私がそう言うとなんだか先輩はちょっと照れているようだった。
「なぁ、遥…あと１か所だけ、寄り道したいんだけどいいか？」

「はい！　大丈夫です！」
私がそう言うと先輩は微笑み、私の手を取って歩き始めた。
いつもこうやって、さりげなく手をつないでくれる先輩のやさしさが嬉しかった。

しばらく歩くと、なぜかだんだんと険しい道へと入っていった。
先輩ってば一体どこ行くつもりなんだろ？
なんか山みたいなとこだけど。
だんだんと険しさは増し、私の息も上がっていった。
そんな私を見て先輩が声をかけてくれた。
「遥、大丈夫か？　もう少しで着くから頑張って」
「はっ、はい…」
さらに奥へと進んでいくと茂みの中からやっと広場らしきところに出た。
「うわぁ─…」
そして目の前に飛び込んできたのは満天の星空だった。
「すごいだろ？　これを遥に見せたくって」
「私、こんなにたくさんの星を見たのは生まれて初めてです」
「それはよかった」
山の上だからか、手を伸ばせば今にも星に手が届きそうなくらい近かった。

しばらくして先輩が口を開いた。
「小さい頃、うちの親は共働きで家にいない日ばっかでさ、よくばあちゃん家に預けられてたんだ。
本当は淋しくってたまんなかったけど、俺のこと可愛がってくれてたばあちゃんにそんな弱音吐けなくって。そう思ったとき

はいつも、ここに来て星を見てた」
私は黙って先輩の話を聞いていた。
「俺は、遥の家が羨ましいよ。…お母さんが毎日家にいてくれる、そんな家庭が。俺は家にいても、いつも一人だったし。
今となってはたまに親がいるだけで苦痛」
「そんな…」
先輩はなんだかとても切ない顔をしながら話を続けた。
「…遥ん家の親とは全く違うんだ。愛情なんてこれっぽっちも感じたことなんてないんだぜ？ うちの親はそうゆう親なんだ…」
「先輩……」
先輩があまりにも悲しそうな顔をするから、
気付くと私は思わず先輩を抱き締めていた。
うまく言葉にできなくて、声をかけてあげることはできないけど、私は力いっぱい先輩を抱き締めた。
「俺は、こうやって自分が生まれた日に大好きな遥とばあちゃんと一緒に過ごせて幸せだぜ。家族では、ばあちゃんがいてくれて、いつも気にかけてくれてて。…遥とはこうやって一緒にいられて。だから別に親のことなんて、なんとも思ってないから…」
「先輩…」
顔を上げて見るとそこにはいつものやさしい顔の先輩がいた。
「最初はただ、あまりに俺に寄り付かない遥に興味持っただけだったのにな。今では、遥がいないと、俺……ダメだわ」
先輩の真っすぐな瞳が、その顔がすっごくかっこよくって、
私は視線を動かせずにいた。
「遥─…」

私はそっと目を閉じた。
先輩が、きっと今までで一番やさしいキスをしてくれた。
唇が離れるとすぐに今度は抱き締めてくれた。
ねぇ、先輩。
私も、先輩と同じです。私も、先輩がいないとダメで…
先輩は私にとってかけがえのない存在になっちゃってて。
いつの間に私もこんなに先輩のこと好きになっちゃったんだう。
────……………
───……………
──…………

それからしばらく先輩と星を眺めてて、家路についた。
もう9時を回っていた。
駅につき私の家に向かって歩く。
その途中、私はクッキーの存在を思い出した。
「あっ!! 先輩、これ…」
「えっ…?」
私は慌ててカバンの中からクッキーを取り出し先輩に差し出した。
「こんな物ですごく、申し訳ないんですけど…誕生日プレゼントです」
「……」
やっ…やっぱりクッキーなんてしょぼすぎたかなっ!?
出さないほうがよかったかなっ?
そんなことを考えているとしばらくして先輩が口を開いた。
「ごめん…遥からもらえるとは思ってなかったから」
えっ?

240　私の彼氏はS先輩!!

「今日はマジで最高の誕生日だった！」
そう言うと私からクッキーを受け取り頬にそっとキスをした。
「遥、本当にありがとう」
「そっ…そんな…」
それ以上の言葉が出なかった。
「ヤバイ。もう10時過ぎてるよ！　早く帰らなきゃお母さん、心配しちまうな」
そう言ってまた先輩は私の手を取り歩きだした。
このまま行ったらもう家についちゃって、
先輩とバイバイしなくちゃいけない。
先輩は私のこと気にして早く帰ろうとしてくれてるけど、
今の私は先輩とずっと一緒にいたい。
もう少しだけ傍にいたい。
ううん…
私は早く先輩に抱かれたいって思ってる。
そう思うと私の歩いてた足が止まる。
「遥？　どうした？　気分でも悪いのか？」
心配そうに先輩が私の顔をのぞきこむ。
私は今から自分が言うことを思うと恥ずかしくって、下を向いてしまっていた。
「遥？　…帰ろ？」
恥ずかしさで押し潰されてしまいそうだったけどやっと言葉が出た。
「帰りたく…ない…です」
「えっ…？」
私の言葉に先輩はすごく驚いている。
「遥……それ、どうゆう意味？」

もう、本当に恥ずかしかったけど…私は先輩の目を見て話し始めた。
「私…、先輩とこのまま一緒にいたいです‼　先輩に、いっぱい、触れてもらいたいです…」
そう言うと先輩は無言で私の腕を掴みそのまま歩きだした。
「せん…ぱい？」
だけど、先輩は何も言ってくれなくて…
無言のままたどり着いたのは、夏休み先輩と両思いになったホテルだった。
———————……………
————……………

部屋に入るといきなり激しいキスをされた。
「ンッー…！」
あまりに激しくって声が漏れてしまう。
強く強く抱き締められて…いつもの先輩と違っていた。
「遥…俺、もうとまんねーからな…？」
そのままベッドに押し倒され先輩がおおいかぶさってくる。
何回もこういう場面があって。
いつもいつも怖い気持ちが強かったけど、
今日は違う。
先輩にもっと触れてほしい。
私も先輩にいっぱいいっぱい触れたい。

「今までだったら怖かったけど……今日は怖くないです…」
「遥…」
そのまま先輩がキスしてきて…徐々に服を脱がされて、私は下

着だけの姿になってしまった。
下着姿になったとたん、先輩は動かなくなってあまりにも見てるから思わず口が開いてしまった。
「……せんっ…ぱいっ！　あまり、見ないでください…」
「…なんで？　俺、ちゃんと遥が見たいから…遥が、どんな下着をつけているのか」
その言葉に顔が赤くなってしまった。
「それは…恥ずかしいからっ…」
「いいよ。恥ずかしがってる遥はメチャクチャ可愛いから…」
またさらに私の顔は赤くなる。
そして、先輩も洋服を脱いで下着だけの姿になった。
先輩の体をちゃんと見るのは２回目だけど。やっぱりすごくかっこいい。
先輩に抱き締められると肌と肌が触れ合って先輩の体温を感じられて、心の奥がなんだか温かくなる。
「遥…好きだよ」
先輩の言葉に私も頷いた。
「私も」
キスをしながらも先輩の手が私の背中に回る。
そして手際よくブラのホックが外された。
やっぱり恥ずかしくってたまらなかった。
「もう、なにがあったってとまんねーからな…？」
「——アッ……！」
私の体は異常に反応してしまった。
先輩が片手で胸を揉みながら片方の胸を舐められて。
頭の中がおかしくなりそうだった。
今までに感じたことがない感覚が襲ってきて、

頭の中がとろけちゃいそうだ。
その行為を続けながらも、
先輩は私の足元へ手を伸ばしていって、
そっと秘部に手が触れた。
「―……キャッッ…！」
その瞬間、私の体がすごく反応してしまった。
「遥、気持ちいいの？　すっげー濡れてる…」
下着ごしに触（さわ）られてるだけで、なんだかおかしくなってしまい
そうだった。
「ンッ…！」
そんな私に気付いたのか先輩が私の顔を覗（のぞ）き込んできた。
「遥、気持ちいいんだね…もっと遥の感じてる顔見せて？　もっと感じてる声出して？」
そう言いながらも先輩は秘部を触る行為はやめてくれなくて、
「そんな…の、はずかしー…」
うまく言葉が続かない。
そんな私を見て先輩はまたキスをしてきた。
キスをしながらも唇や頬、おでこを舐められたりして、その間
にも行為は続けたままで、
それからそっと、先輩の手が私の下着にかかり下ろされた。
そして、直接触られると、やばいくらい体が感じてしまった。
「アッ！」
先輩の手の動きがすごく気持ちよくって、
何も考えられなくなった。
すると先輩は急に動かしていた手を止め、いきなり私の体の下
の方へ。
「せっ…先輩っ！　そんなとこっ…あぁっ―！　…」

先輩の舌が私の秘部にあたって…恥ずかしさと気持ち良さで頭の中がいっぱいになってしまった。
私の声も我慢したくても止まらなくて
おかしくなりそうだった。
「…遥、もう限界―…入れるよ？」
そう言うと先輩は下着を脱ぎ、私の中にそっと入ってきた。
「いった…」
予想はしてたけど、あまりの痛さに思わず言葉にしてしまった。
「遥…痛い？」
心配そうに先輩が顔を覗き込んでくる。
本当は痛かったけど、もう、途中で終わるのはいやだったから私は首を横に振った。
「遥…大好きだよ…」
先輩、
私もすごくすごく大好きだよ…。
――――――――……
――――――――……
――――――……

目が覚めると私は先輩の胸の中にいた。
上を見ると先輩は起きていてじっと私を見つめていた。
「遥、大丈夫？」
心配そうな顔をした先輩が飛び込んでくる。
「あっ…はい」
先輩が私の頭をやさしく撫でる…
なんだかとうとう、先輩としちゃったんだなぁって、実感がわいてきた。

しばらくして私の頭を撫でたまま先輩が口を開いた。
「俺、今が一番幸せ。今までにこんな気持ちになったの、初めてだよ」
私を抱き締める力が強くなる。
そしてまたしばらくして私を離し顔を見て先輩は話し始めた。
「なぁ、遥…。出会ったばっかの頃は、ごめんな」
「えっ？」
「あの頃の俺って、いつもいつも無理矢理だっただろ…？　なんていうか、さ、俺にはあれが当たり前だったから。なんとも思ってなかった。
だけど、今日すげー思い知った。あの頃の俺ってバカだったなって。こんなに、嬉しい気持ちになれるもんだったんだな」
先輩……
「俺、あの時、遥のことキャッチしててよかった」
先輩が笑うから私までつられて笑ってしまった。
先輩…
今、思うと私もあの日、図書室で思わず寝てしまって。それがなかったら先輩に出会えてなかった。
偶然かもしれないけど、そんなささいな偶然がきっと《運命》なんじゃないかなって、
そう思わずにはいられないよ。
────…………
───………
─………

ねぇ、神様…？

私はこんなにも幸せな気持ちになれて
年明けにみわちゃんとお参りしたときの願いを。
神様が叶えてくれたんだって思ってた。

だけど、それは神様からの1年の中で一度きりの幸せを与えて
くれただけだったのかな？

ずっと、この幸せが続きますように…って願っていたのに…

運命の糸

早朝——…
今日も朝練がある日で、
いつものように朝早く登校していた。
初めてしたあとは痛いって聞いてたけど。これほどまでに痛いとは。
なんだか恥ずかしい。
みんなにバレないようにしないと。
私が部室のドアに手をかけるともう開いていた。
さおり先輩、もう来てるのかな？
そっと中に入ると、
突然、早朝の部室からクラッカーの音が。
「…キャッ!!」
「遥ちゃーん!!　初夜おめでとー！」
「さっ…さおり先輩⁉」
「ついに三月とヤッちゃったんだね」
さおり先輩の言葉に思わず赤面。
「さおり先輩…なっ、なんでそれを…⁉」
すると、私の背後から声が。
「わりぃ、遥、それ俺だ…」
そこにはもう、着替えがすんでてちょっぴりうんざり顔の先輩

の姿があった。
先輩を見ただけで、なんだか昨日のことを思い出してしまい、恥ずかしい。
「こいつが５時半に勝手に部屋入ってきやがって！」
「えっ…？」
ごっ…５時半っ!??
「だって〜、昨日の二人がもう、すっごくすっごく気になっちゃって、いてもたってもいられなかったんだもん!!」
「だからって５時半に人ん家に来んなよ!!!　びっくりしたぜ」
「っもー！　それは、二人がどうなったのか気になったからでしょ！　だけど良かった。私があげた勝負下着の効果が出たのかな？」
ニヤニヤしながらさおり先輩が言う。
「ハッ!?　…まっ…まさか、あの下着って…」
先輩がそっと私を見る。
私は赤くなりながらもそっと頷いた。
すると、先輩は一気に落胆しその場に座り込んでしまった。
「まじかよ〜、…さおりのシュミかよ…」
「ちょっと三月!!　なによ、その言い方はぁ!!　ハハーン！さてはあんた、私がセレクトした下着姿の遥ちゃんに興奮したね？」
さっ…さおり先輩ってば何てことを…!!
「まーじ、さおりお前…女じゃねーよ…。俺、先行くわ。遥、またな？」
そう言って私の頭を何回かポンポンと叩き体育館へと行ってしまった。

先輩が行ったあと私はそっと口を開いた。
「さおり先輩ってば…なんてことを言うんですかぁ〜！」
「えぇ〜大丈夫だって。あんな風だけど、心の中では常にガッツポーズしてんだから！」
「そっ…そうゆうもんなんですか？」
「うん！　幼なじみのあたしが言うんだから!!　でも、本当におめでと」
そう言ってさおり先輩は私に抱きついてきた。
「さっ…さおり先輩っ!??」
「もぉ〜私は自分のことのように嬉しくってたまらないよぉ！」
そんなことを言われてしまうと、さおり先輩にすごく好かれてる気分になって、私も嬉しい気持ちでいっぱいになった。
たかがエッチしただけだけど、私はそれがすごく幸せなことで嬉しい気持ちになった。
だって、本当に幸せだから。
好きな人と結ばれることがこんなにも幸せなことだなんて知らなかった。
先輩も私と同じ気持ちでいてくれてるかな？
すごくすごく、嬉しい気持ちでいっぱいになってくれてるかな？
————…………
——………

朝練が終わり、今日はギリギリで教室へ行くと今日のＨＲは【席替え】と書かれていた。

そっか…

三学期に入ったんだもんね。席替えするのは当たり前か。
席へ向かうとみんな来ていて中嶋君の机の周りに集まっていた。
「あっ！　遥、おはよ。今日は遅かったね」
「うん〜、なんか朝練が長引いちゃって。それより今日、席替えなんだね」
「そう！　ショックだよね！　私もケンと隣の席だったのにさ」
「私も！　せっかく中嶋君と仲良くなれたのに、離れちゃうなんてショック」
思わず、私とみわちゃん二人でしょんぼりしてしまった。
そんな私たちを見てケン君と中嶋君は少し照れたようで。
「なっ…美和！　何こっぱずかしいこと言ってんだよ‼　同じクラスだろっ⁉　なぁ、悠也？」
「おう」
「そうだけどさぁ！　けっこう席って重要だよっ‼　それに、本当にあと少しでクラス替えになっちゃうし」
そっか…
もうあと少しで２年生になるんだよね。
そうしたらみんな、バラバラになっちゃって、
先輩たちは３年生になって勝ち上がれなかったら、夏前には引退。
それから受験シーズンに入っちゃう。
なんだか、淋しいな。
ずっとこのままでいれたらいいのに。

それからすぐ、担任が入ってきて出席を取るとすぐに席替えが始まった。
クジを引くと今度の席はまた窓際だったのはいいんだけど、

なんと一番前の席だった。
一番前かぁー…
ちょっと憂鬱になりながらも席を移動する。
すると、
「あれっ？　もしかして遥ちゃんってこの席？」
「うっそー。隣ってケン君？」
「あぁ！　よろしく！」
よかったぁー。
なんだか隣の席がケン君でひと安心した‼
席替えの結果、みわちゃんは廊下側の一番後ろで中嶋君はなんと前と同じ席。
私の後ろの席の子はあまり話したことがない子で、
ケン君が隣の席で本当によかった。
するとケン君が私にそっと話しかけてきた。
「なぁ、遥ちゃん。いつかあいてる日ってない？」
そっか、みわちゃんへの誕生日プレゼントだね。
「土日、いつも部活だけど午前中で終わるから午後なら平気だよ？」
「マジ？　…じゃあ今週の土曜日、買い物付き合ってもらってもいいかな？」
「もちろん」
もうすぐでみわちゃんの誕生日だっ！　今年は何あげようかなぁ…

放課後…
部活も終わり私は先輩と二人中庭で話をしていた。
「遥、今日、体大丈夫だった？」

先輩の言葉に思わず顔が赤くなる。
「はっ…はい。意外に…」
「そっか、ならよかった」
そう言って先輩が私を抱き寄せる。
「なぁ、来月バレンタインじゃん？　遥は俺に何かくれる？」
なっ…なんで、先輩ってば疑問形なのかな？
そんなの、渡すに決まってるのに。
「そっ…それはもちろん‼」
すると、
「じゃあさ、14日って土曜だし、泊りでどっか行かない??」
先輩の言葉に驚いた。
「えっ⁉　でも、私そんなお金は…」
私の言葉をさえぎるように先輩が言った。
「お金の心配はいらないから。俺から誘ったわけだし！」
「でも」
この前だって、あんなに泊まったんだもん…
二人分でかなりお金がかかったはずなのに。
私の考えてることを察したのか先輩が話を続けた。
「俺、お年玉かなりたまってるし。親の顔が広いから。それに誕生日もあったからかなりあるんだ。だから気にしないで。
それに、俺が遥と一緒にいたいだけだから」
私っていつも先輩のこの言葉に弱いんだよね。
「じゃあ、私も出せるだけちゃんとお金、出させてください」
私の言葉に先輩は少しの間、渋っていたけど最後には納得してくれた。
"もっと、俺に甘えていいんだよ？"
って先輩に言われたけど、

253

そこまでは、さすがに甘えられないよ。
だけど、先輩を知っていくたびに思い知らされる。
先輩はきっと、今まで私とは全く違う生活をしてきたんだろうなって…
金銭的なことはもちろん、お正月からパーティーなんて…
先輩のおばあちゃんに会わせてもらえてからかな？　日に日に先輩のことを知りたいって気持ちが大きくなってきている。

いつかは、
おばあちゃんに紹介してくれたように、先輩のお父さん・お母さんにも彼女として紹介してくれる日がくるのかな？
考えるだけで緊張しちゃうけど。
やっぱり紹介してもらいたいって気持ちが強いよ。
————————……………
————……………
——…………

それから、あっという間に約束の土曜日になった。

いつものように登校して部室へ行くと扉の前に先輩が立っていた。
「あれ…先輩？」
なんだか先輩はいつもと違って…神妙な顔をしてた。
私が近づくとそれに気付いて先輩はいつもの先輩の表情に戻っていた。
「おはよう。遥！」
「先輩、どうしたんですか？　こんなところで…」

「あー…、ちょっと遥に話があって…」
なんだろう？
「あの、さ」
先輩がそう言いかけたとき、
「おっはよ～ん」
さおり先輩が来た。
「あっ…おはようございます‼」
「やっぱいいや。…また部活でな？」
「なによー！　三月、あいさつもできないわけ⁉」
──…先輩、なにか言いたそうだった…？
いつもの先輩じゃなかった。
なにかあったのかな…？

部活中は、当たり前ながら話すことができなくて、
いつも通りな先輩に見えたけど、やっぱりなんだか違和感を感じた。
────…………
──…………

練習が終わると、私はみんながまだいる体育館だったけど気になって先輩の元へ駆け寄った。

「…先輩。朝の話ってなんだったんですか…？」
私がそっと聞くと先輩はなんだか難しい顔をしながら話し始めた。
「あの、さ…遥、今日の午後は…？」
「あっ…ごめんなさい、今から友達と約束が…」

私がそう答えるとなんだか先輩は安心したような顔をした。
「そっか、…実は俺も今から親に呼ばれてて…。友達と楽しんできな。また明日な」
そう言って私の頭を撫でると先輩は部室へと行ってしまった。
先輩、本当に？　なんだかやっぱりおかしいよ。
なんかあったのかな？
親に呼ばれてるって言ってたけど…
私は先輩の親のことなんて全然知らないから。

ふとおばあちゃんに言われた言葉を思い出す。
これからだって、分かってるけど、
知らないことが多すぎるとやっぱり不安になるよ——……
————…………
———…………
—………

複雑な気持ちのまま、ケン君との待ち合わせの場所へと向かった。
すると、もうケン君が来ていてそして、なぜか中嶋君の姿があった。
「あれ…？　中嶋君…？」
私の姿に二人も気付いた。
「あっ！　遥ちゃん！」
私は二人の元へ駆け寄る。
「やっぱ、さ、お互いカレカノがいんのに二人っきりっていうのもマズイと思って。悠也も暇してたから連れてきた。その方がいいだろ？」

256　私の彼氏はS先輩!!

「ケン君…」
なんか、さすがだな。
私は全然そんなこと感じなかったのに。
あまりにも鈍感なのもダメだね。
そんな私を見て中嶋君が口を開いた。
「暇してたから…」
「中嶋君…。あっ！　そうだ。私と中嶋君からってことで、みわちゃんにプレゼント渡さない!?」
私の言葉に中嶋君ってば、
『げっ』って顔をしている。
「まじでっ!?　そしたら美和の奴、すっげー喜ぶぜっ」
ケン君のダメ出しのひと言で中嶋君も渋々了承した。
「わーったよ！　…その代わり、物は高嶋が選んでくれよ」
「うん。だけど、一緒に選ぼうね」
「……分かったよ」
「じゃー、行くか？」
きっと、みわちゃん喜んでくれるよね。まさか中嶋君からも、もらえるなんて夢にも思ってないだろうな。
うん、今だけ先輩のことは忘れよう。

「これなんかはどう？」
「…なんか、可愛すぎないか？」
「えぇーそっかな??」
今はちょっとオシャレなセレクトショップ。
前、みわちゃんと遊んだときにここの物すべてが可愛いっ!!って言ってたんだよね。
「──…うん、これがいいかも」

「うんうん‼　みわちゃんに似合うよきっと」
「じゃあ、買ってくるわ」
ケン君が選んだのはシンプルだけど、ハートの中に誕生石が入ったネックレス。
私がいなくたってケン君ってばかなりセンスがいい。
「やっと決まったか？」
「うん！　みわちゃんにすっごく似合いそうなやつだよ。次はうちらが選ぶ番だね」
「……あぁ」
うんざり顔で中嶋君が答える。
それからケン君がお会計を済ませてきて、私たちはショッピングセンターのオシャレなインテリアショップへ入った。
「なぁ、ここに来たってことは、もうだいたい決まってんの？」
「うん。実は前々からいいなぁって思ってたのがあって。ただ、色がたくさんあるから中嶋君選んでくれるかな？」
「いいけど…俺が選んじゃっていいの？」
不思議そうな顔をしながら中嶋君が聞いてきた。
「うん。だってそうしなきゃ二人からってことにならないでしょ？」
「まぁ…。それで、高嶋がいいなって思ってるやつはどれ？」
「えっと、ね…あっ！　あれ‼」
私が前からいいなって思ってたのはシンプルだけどすごくオシャレなマグカップ。
私は毎年、必ずみわちゃんには何か形に残る物をプレゼントしている。
色は四色もあって、私はいつもいつも、どの色がいいか悩んでいた。

「けっこう、いいじゃん」
「でしょ？　それで、色はどれがいいと思う？」
少し悩んでから中嶋君が答えた。
「あいつには、オレンジがいいと思うけど…」
「じゃあオレンジにする。私、買ってくるから先にケン君のところ行ってて」
「わかった、じゃあこれ─…」
私は中嶋君からお金を預りレジへと向かった。

レジは意外に混んでいて三人並んでいた。
けっこう混んでるなぁ─。
そのとき、
私はふと思いつき、売場にまた戻った。
────………………
──……………

「ごめんねー！　遅くなっちゃって」
「けっこう、遅かったね。レジが混んでたの？」
「うっ…うん！　みんな包装だったからかなり時間かかっちゃって」
「そっか。んじゃ、まぁどっかで飯食って帰るか？」
中嶋君の案に私とケン君は賛成し近くのファミレスでご飯を食べてそのまま、二人と別れた。
────…………
──………

別れたあと、私はまたさっき買ったみわちゃんへのプレゼント

が入ってる袋を見た。
そこには全部で４つのマグカップが。
二年生になったら、みんなクラスがバラバラになっちゃうから、せめてもの記念に。
そう思ってみんなお揃いで買ってしまった。
色はもちろん、みわちゃんがオレンジで、私はピンク。ケン君が緑で中嶋君が水色…って勝手に決めちゃってるけど。
だけど、こうやってお揃いの物を持ってるって思うだけで、なんだか嬉しい気持ちになれる。
そう思っちゃうのは、私だけ、かな…？
――――――……………
―――……………
――…………

「なぁ、悠也。…お前、もしかして遥ちゃんのこと好きなんじゃないか？」
ケンの言葉に驚く悠也。
「あっ…わりぃ。なんか悠也を見てて気付いちまってさ」
「そっか…」
「だけど、遥ちゃんには彼氏いるのに、辛くないのか？」
ケンの言葉に悠也は返事が出なかったがしばらくして悠也は話し始めた。
「ケン…、俺さ、高嶋を好きだって気付いたとき、いてもたってもいられなくなって、高嶋の彼氏に宣戦布告しに行ったんだ」
「まじかよっ？」
悠也の言葉にさすがのケンも驚いた。
「そうしたら、二人はなんか不安定になって。チャンスかなっ

て思ってたけど、逆に二人の仲を深めちまって。あのときはまだいいと思ってた。俺はタメだし、まだ時間があるから、持久戦で行こうと思ってたし…」
悠也の話をケンは黙って聞いていた。
「だけど、正月に高嶋の元カレと会わしちまって」
「えっ…悠也、まさか達也と知り合いだったのか⁉」
「あぁ。転校するまでアイツと同じ高校だったから…」
「そうだったのか…」
悠也と達也が知り合いだったことにケンは驚きを隠せずにいた。
「なんだかそれから、余裕がなくなっちまって。気持ちはぜってー言わねぇって決めてたけど。何回か言いそうになっちまって。もちろん、言わなかったけどな？」
「…………」
「でも、俺はやっぱこのままでもいいかなって最近思うようになった。友達としてなら、すっげー近くにいられるし。今日みたいに学校以外で会えたりするしな？」
そう言って悠也はせつなそうに笑った。
「悠也…」
「マジ、ケンが羨ましいよ？　常に一緒にいられるだろ？　まぁ、一緒にいられるのは、俺も同じだけどさ。まぁ、アレだ。知られてしまった以上、なんかあったらケン…よろしくな？」
すると、ケンは笑顔で答えた。
「そりゃ当たり前だ！　俺たち、友達だろ⁉」
「あぁ！」
────────…………
────────………
─────………

──…………

ケン君と中嶋君が、まさかこんな話をしていたなんて知る由もなく。
私は部屋で今日買ったマグカップをただひたすら見つめ、先輩のことを考えていた。

次の日の日曜日。
いつもより早く登校して着替えて体育館へ向かった。
昨日、あれから先輩と連絡が取れなくなっていた。
たまにあることだけど、昨日の先輩の態度もちょっと気になってた。

体育館の中にいっても、まだ誰も来ていなかった。
「いない…」
部室にも来ていなかったし。
いつも早い先輩が珍しいな。

しばらくして部員みんな来て、さおり先輩も来たけれど練習が始まっても先輩は来なかった。
「ねぇねぇ遥ちゃん？　三月から何も聞いてない？」
「はい」
「そっかー。…昨日は？　あれから三月と遊ばなかったの？」
「昨日は、私は友達と前々から約束してて。だけど、先輩も親に呼ばれてるから無理だって言ってました」
「親に？」
私の言葉にさおり先輩が異常に反応した気がした。

「はい…。それで、それから連絡とろうと思っても取れなくって…」
「そっか…。うん、きっと親関係なら色々呼ばれてるんじゃないかな？　あいつ、あれでも一人息子で大変そうだし。でも明日は学校だし、きっと来ると思うよ」
「はい…」

さおり先輩と先輩は幼なじみで昔から一緒で、
先輩のこと、よく知ってるのは当たり前だし。
私は先輩と出会ってまだ１年もたってなくって、知らないことがあるのは当たり前だけど。
頭ではちゃんと理解してるつもり。
でも、やっぱりくやしい気持ちが少しだけ残ってるよ。
私も、さおり先輩以上に先輩のことをたくさんたくさん知りたいよ。

それから、部活も終わり解散したあと、さおりは一人、三月の家の前にいた。
しかし、インターホンを鳴らすが、いたのはお手伝いさんだけで、三月は外出中のようだった。
「親もいないみたいだし。やっぱ三月、なんかあったのかな…？　なんか、いやな予感がするな」
そう思いながらもさおりは家路についた。
————………………
————……………
—………

その頃、遥は帰る気になれず図書室に向かっていた。
ドアを開けるとそこには人の姿が。
「中嶋君！　…どうしてここに…？」
私の姿に中嶋君もビックリしている様子だった。
「いや、高嶋こそ…」
「あっ！　私は部活だったから。それで久しぶりに本が読みたくなって…」
「そっか」
ふと、中嶋君が読んでいた本に気が付いた。
「それ…、前に私がオススメした作者の本？」
「あぁ…。前に高嶋から貸してもらっただろ？　それから俺もこの作者が好きになってさ。けっこーな数の本出してたんだな？　おかげで読むのがたくさんあって嬉しいけど」
私はそんな中嶋君の隣に座った。
「私もね、この本けっこー好きなんだ。…ベタな恋愛ものだけど、登場人物、一人一人の気持ちがすごく伝わってきて。なんか、この本を読むたびにこんな恋愛したいなぁって思っちゃうんだ」
私がそう言うと、
「高嶋、あんま言うなよ。読む楽しみが減っちまうだろ？」
「あっ‼　そうだよね。ごめんね」
「…別にいいけど」
いつもいつも口数が少なくて言い方がぶっきらぼうだけど、なんだか最近はそんな中嶋君の言葉一つ一つの気持ちが見えてきた気がする。
「…だけど、中嶋君が恋愛ものを読むの、なんだか珍しいね」
「えっ…？」

「あっ、ホラ、中嶋君って、ミステリーかファンタジー読んでることが多いじゃない。…だから、なんか意外だなぁって思って」
「よく見てんだな」
「うん…だって今までずっと隣の席だったんだもん」
「そっか…」
そう言って中嶋君はなんだか意味深な笑みを見せた。
「ところで、今日は彼氏と一緒じゃないの?」
中嶋君の言葉に思わず体が反応してしまった。
「高嶋…?」
「あっ…うん、今日は先輩、家の用事で部活出てなくって…」
思わず、目を伏せてしまった。
「そっか…。昨日は大丈夫だったか? 俺らと出かけて」
中嶋君……
「うん! 大丈夫だよ。…気にかけてくれて、本当…いつもありがとうね」
達也君のときだって。
中嶋君、気にかけてくれたよね?
「ならいいけど」
照れたように中嶋君が言った。
あっ…きっと、今、中嶋君ぜったい照れてるな。
そう思うと笑わずにはいられなかった。
「なに笑ってんだよっ!?」
「あっ! ごめんね。…全く変な意味でじゃないからね?」
中嶋君との時間はなんだか楽しくって、少しの間だけだったけど、そのとき私は完全に先輩のことを忘れられてた。
こんなに男の子との間に友情を持てるなんて今までの私だった

ら全くあり得なかった。
ううん。中嶋君と以外はありえないかもね。
きっと、中嶋君とだから私はいつもこうやって笑って一緒にいられるんだ。
───…………
──………

次の日の朝──…
私はいつもより早めに家を出た。
少しでも早く先輩に会いたくて。
部室で着替えて体育館へ行くと中からボールの音が聞こえた。
「もしかして…」
私の足取りはさらに早くなり体育館へ向かった。
そして、中をそっとのぞくとそこには、一人練習をしている先輩の姿があった。
「先輩っ…！」
思わず声をかけてしまった。
すると、ボールを持つ手が止まり先輩がこちらを見た。
「遥！　今日は早いな」
「…それはっ…」
先輩に早く会いたかったから…
「昨日は、どうしたんですか？　連絡もなくて、すごく心配になりました…」
「わりぃな。…ちょっと今、家中がゴタゴタしていて…。だけど、嬉しいな」
「えっ…？」
「まさか、遥がそんなに心配してくれてたなんて思わなかった

からさ？　…今朝だって俺が心配で部活に早く来たんだろ？」
先輩にバレてしまって一気に恥ずかしくなった。
本当にその通りだけど、言葉にして言われるとすごく恥ずかしい…
すると、そこへ部員たちも来た。
「あれー？　キャプテン、今日はいつもより早いッスねー⁉」
「おぅ」
そう言って部員たちの元へ歩み寄る前に先輩が私にそっとささやいた。

『朝練終わったら図書室で話しよう』
先輩…
ちゃんとお家のこと私にも話してくれるのかな…？
————…………
—…

図書室…
たまに朝、来る人もいるから、私と先輩は奥の本棚の間に移動した。
「遥…ごめんな。連絡できなくって…」
先輩の言葉に私は首を横に振った。
「俺さ、前に婚約者がいるって言っただろ？　その話で土曜に親に呼ばれて…なんとか婚約解消できそうなんだ」
「えっ…？」
「まぁ…お互い全くそのつもりはなかったんだけど、やっぱ婚約しちまった以上色々と面倒なことがたくさんあってな。いくら親父たちが勝手に決めたことにしろ、やっぱ少しは責任ある

から。だからしばらく、色々付き合わされると思う」
「そう、だったんですか…」
「うん…だから、またしばらくの間は昨日みたいに土日や放課後、部活に出れねー日があると思うんだ。でも、ぜってー来月の旅行までには終わりにさせるから」
「先輩…」
「だから、心配するなよ。…昨日も部活に早く来たんだって？体調壊したら大変だから」
そう言って先輩は私のことを抱き締めた。
「なぁ、遥。もし、さ、遥が嫌じゃなかったら、旅行から帰ったら俺の親に遥を紹介してもいい？」
先輩の言葉に思わず顔を上げてしまった。
「やっぱ、まだ嫌か？」
「そっ…そんなことないです‼」
私の言葉に先輩が安心した。
「そっか…。だけど、前にも言ったけど、俺の親は本当に遥が思ってるような親じゃねーから…。できれば、ギリギリまで会わせたくなかったけど。また勝手に婚約話されたら困るからさ。だけど、会うときはある程度覚悟してな？」
「？　はい…」
私はまだこのとき、先輩の両親がどんな人で、その両親に会うということがどんなことなのか…本当に理解できていなかった。
「ありがとうな。遥……好きだよ」
そう言って先輩は私の顔を覗（のぞ）き込んでくる。
そんなことされたら、顔がすぐ赤くなってしまう。
そんな私を見て先輩は笑った。
「14日までお預（さび）けなのは淋しいけど、その分、旅行ん時は寝か

せねーからな？」
そんな言葉に私の顔はますます赤くなってしまう。
恥ずかしくって下を向いてると先輩に顎をつかまれ顔を上げさせられた。
目が合うと目をそらせない。
「なんで下向くの？　…ちゃんと遥の顔見せて」
少しずつ先輩の顔が近づいてくる。
この瞬間がいつも一番恥ずかしくって、
最初はいつ目を閉じればいいのか分からなかった。
だけど、最近は自然と目を閉じれる。
先輩がキスしてくれるタイミングが分かってきたのかな？
そして、唇が重なりすぐ離れるとまた重なり、
そんなキスがずっと続いた…

しばらくすると、予鈴が静かな図書館中に響き渡る。
すると、先輩の唇が私から離れた。
「もう行かなくちゃな」
「はい…」
教室なんて行きたくないよ。
このままずっと先輩と一緒にいたいのに。
そんな私に気付いたのか先輩が私をまた抱き締めてくれた。
「遥、そんな顔すんなよ。行きづらくなっちまうだろ？」
「ごめんなさい…」
もう一度先輩はそっと私にキスをしてくれた。
「じゃー行こう」
先輩に手を差し出されて。
私は頷き先輩の手を取った。

269

いつもは長い教室までの道のりが今日はすごく早く感じた。
バレンタインまでなんてあっという間だよね？
普通に考えたら、こんなに不安になるほどのことじゃない。
学校で会えるしいつも、部活に来ないわけじゃない。
だけど、なぜか心の奥の奥ですごく不安で仕方がない自分がいる。
なんでだろう。

それから、先輩は部活はもちろん、学校まで休みがちになってしばらく会えない日々が続いた。

もう、今日からは２月だ。
「…よし‼　ちゃんと持った」
私はプレゼントのマグカップを持った。
もちろん、ケン君と中嶋君の分も。
今日はみわちゃんの誕生日。
プレゼント、喜んでもらえるかな…？

いつものように朝練に来ても、やっぱり今日も先輩の姿はなかった。
「三月、今日も学校休むのかな？」
さおり先輩がそっと話しかけてきた。
「私も、いくら幼なじみっていってもあいつの家庭の事情までは分からないからなぁ―…。まぁ、世間体をかなり気にする親だろうから、そんなに欠席させるわけないと思うけどね？」
「さおり先輩…」
先輩が休みがちになってから、いつもさおり先輩は私を気にか

けてくれてる。
本当にさおり先輩ってやさしいよ。
さおり先輩がいてくれるから私は部活中も先輩がいなくても普通にしてられる。
早く先輩いつもみたいに来ないかな？
早く、バレンタインの日が来ないかな？
────…………
────………

朝練が終わり、教室へ行くともう、みんな来ていた。
今日はみんなでみわちゃんにプレゼント渡そうって話してたから、早めに来たのに。
「みわちゃん、おはよ！　…それと、誕生日おめでとう」
そう言って私はみわちゃんへプレゼントを差し出した。
「今年はなんと！　中嶋君と私からなんだよ」
私がそう言うとみわちゃんは目をまんまるにして驚いた。
「うっそ‼　悠也がっ⁉　…どうしよう、嬉しさ２倍だよぉ〜ありがとぉ」
みわちゃんはとびっきりの笑顔を見せた。
私は毎年、みわちゃんのこの笑顔を見るたびに嬉しくってたまらなくなっちゃうんだよね。
「悠也もありがとね」
「…別に」
いつもみたいにぶっきらぼうに答えたけど、誰が見ても照れてるように見えるよ？　中嶋君…
「ほら‼　ケン君からも」
「あっ…あぁ…」

照れた様子のケン君。
みわちゃんは不思議そうにケン君を見つめている。
そして、私と中嶋君が見守る中、ケン君は照れ臭そうにみわちゃんにプレゼントを渡した。
「これ……誕生日おめでとう、美和…」
みわちゃんはすっごく驚いた顔をしている。
「うそ…ケンからプレゼントなんて…夢じゃないかな？」
そう言いながらもみわちゃんはそっとケン君からプレゼントを受け取った。
「ケン、ありがと…」
「あぁ…」
なんだか、二人を見ているとこっちのほうが恥ずかしくなってきちゃったよ。
「─…あっ‼　そうだ、これ…！」
私はケン君と中嶋君にマグカップを渡した。
当然、二人は不思議な顔をしている。
「えっと…実は、みわちゃんに渡したマグカップ、四人みんなでお揃いで買ったの。あと少ししたら、みんなクラスがバラバラになっちゃうでしょ？　だから、なんか記念にっていうか…あっ‼　みわちゃんに渡したやつは中嶋君が色選んだからねっ…」
そこまで言いかけるとみわちゃんが急に私に抱きついてきた。
「みわちゃん？」
「っもぉ〜遥ってばっ‼　…あまり嬉しいことしないでよ。…それに別にクラスが離れたってみんな一緒なんだから！」
なんだかみわちゃんの言葉がすごくすごく嬉しくって、
私は思わず泣いてしまった。

そして、
そんな私を見たみわちゃんも。
「おまえら、何朝っぱらから教室で泣いてんだよ」
あきれ顔で中嶋君が言うとみわちゃんが言い返した。
「ちょっと悠也‼　何言ってるのよ！　人がせっかく感動に浸っているところを！」
「てか、美和、鼻水出てるから」
「うっそ！」
そんなみわちゃんを見てみんなで笑ってしまった。
私、こんなに素敵な友達がいて本当に幸せ。
まだ出会って間もないけどきっと、いつまでも四人は友達でいられるよね？
──────…………
───………

この日の放課後はもちろん、みわちゃんとケン君は足早に学校を後にしたわけで。
きっと二人っきりでデートだね？
みわちゃんにとって素敵な誕生日になったかな…？
──────…………
───……

今日は、いつもの図書室当番の日で私は部活前に図書室にいた。
やっぱり今日も図書室には誰もいなくって、静かな図書室で私は返却された本を元の場所に戻していた。
戻している途中、ふと手に持っていた本に目が止まった。
「これ、あの人の新作っ？　いつの間に入荷したんだろ…」

私はその本を持ってそのまま椅子に座り読み始めた。
————……
—……

内容は切ない恋愛の話で
お互い愛し合っているのに運命のいたずらで離れてしまい、お互い大人になり。
別々の人と結婚して
子供も産まれて
幸せの絶頂期にまた再会してしまう話。
大人な話も混じってるけど、この人の文章力にはすごい力があって、何かたくさん伝わってくるものがある。
そこへ、中嶋君が来た。
「高嶋？　…何泣いてんの？」
「えっ…？」
中嶋君の言葉に目元へ手をやると、いつの間にか涙が流れていた。
「どうしたんだよ。…なにかあったのか？」
心配そうに中嶋君が私の顔を覗き込んできた。
「ううんっ！　なんでもないの！　この本を読んでたら、いつの間にか涙が出ちゃってたみたい…」
「そっか」
私の言葉にホッとし、中嶋君は隣に座った。
「それって高嶋が好きな作者の新作…？」
「あっ…うん。なんか、ありきたりな話なんだけど、ちょっと心に染みた…」
そんな私の話を聞いて少ししてから中嶋君が口を開いた。

「なかなか、心に染みる本と出会えないよな？」
「えっ…？」
「俺も、昔から本が好きだったからたくさんの本を読んできたけど、本当によかったって思えた本は数えるほどしかない。なんか、本って不思議な力があるよな？　…読んでる人の人生だって変わっちまうことだってあるんだぜ？」
「えっ…それって…」
中嶋君のことかな？
「想像に任せるよ。―…じゃ、俺はこれ返しにきただけだから…」
そう言って私に１冊の本を渡すと中嶋君は席を立った。
「今日は本、借りていかないの？」
「あぁ。さっきまで委員会で。１回、休憩してまたこれからあるんだ。―…じゃあな？」
「うっ…うん」
図書室を出ようとしたとき、なぜか中嶋君はこっちを向いた。
「どうしたの⁉」
私の問いかけに少し戸惑った様子で、こちらを見ずに話し始めた。
「今朝はマグカップありがとな？　……嬉しかった」
それだけ言うと、中嶋君は図書室を出ていった。
最後の言葉がすごく小さくて…
だけど、ちゃんと聞こえたよ？
私のほうが嬉しいよ？

いつも、あまり言葉を出さない中嶋君がたくさん話してくれたんだもん。

みんなとお揃いでマグカップ買ってよかった。
４色のマグカップ。
みんなの喜んだ顔が見られて本当に嬉しくて、それと同時に今度は先輩と何でもいいから、お揃いのものが欲しいって思ってしまった。
だって私が使っている物と同じ物を、先輩が使ってる。そう考えただけで、すごく嬉しい気持ちになれるから…
——————…………
————……
—……

私は、先輩に会えなくても、14日の約束があったから寂しさ押さえよう。そう思うようにしていた。
本当は婚約のこと、先輩の両親との関係。気になるし不安だったけど、先輩が大丈夫って言っていたから…
早く14日になって先輩とずっと一緒に過ごしたいな。
そして色々聞いてみたい。
好きな人のことだったら、やっぱり何でも知りたいもの。
嫌なことでも、良いことでも何でも知りたい。
——————…………
————……
—……

この時の私には分からなかった。
先輩と二人で過ごす時間の先にあんなことが起きるだなんて。

運命の糸は、私の知らないところで、いつの間にか絡み合って

いき、そしてその糸の先は、ほどきかたが分からないほどに、複雑に絡み合っていった。

あとがき

初めまして。くるみと申します。
日々、仕事をこなしつつ、常に妄想の世界に入り浸りしながら生活しています。そしていまだにリンゴの皮が剥(む)けないB型女です。
このたびはこんな私の『私の彼氏はS先輩‼』をお手に取っていただき、ありがとうございます。本当にもう大・大・大感謝です‼

サイトにて小説を書き始めて早７年が経ちました。
って言ったら歳がバレてしまいそうですが…
書籍化していただけると聞いたときは、半信半疑の状態で、打ち合わせ後も自分自身に「まだまだ分からない！　もしかしたら中止になるかも」と、自分でマイナス思考へと陥(おちい)っていました。喜びより戸惑いの気持ちの方が大きく。
それと言うのも、書いた本人が言うのもなんですが、読み返しては「恥ずかしい！」と何度も１人で連呼したり、「いやいや、これ読みづらい」と自分に批判したり、「○○歳の私、思考が若すぎる‼」と、自分に突っ込みを入れては叫(さけ)んでいたからです。
校正中も１人で三月のセリフに、「いやいや、どんだけＳなんですか」と突っ込みを入れながら作業してました。もちろん、サイト内で公開しているものを修正し、両方読んでくださった方はお気付きだと思いますが、読みづらさは少しは減っているかと思います。

何作品か執筆させていただいた中で、初めての作品を書籍化していただけて、本当に光栄なことだと思っています。

以前、友人と将来について語り合っていた際、《自分がやりたいこと》をいくつでもいいから、紙に書こう！となり、書いたことがありました。その中に【自分が書いた小説を本にしたい】と書いたのを覚えています。一緒に書いた友人も漫画家になると書いた夢を同時に叶えました。良かったら皆さんもぜひやってみてください。
書いて自分自身に目標を課せることは、意味のあることだと思います。信じて努力すればきっと叶うものだと思っています。一度きりしかない自分の長いようで短い人生の中で、同じ時間を過ごすなら絶対やりたいことをやって過ごした方が良いですよね。
読んでくださった皆様の夢が叶いますように…

最後になりますが、読んでくださった皆様。いつも応援していただいているファンの皆様。
そしてそして、この本の出版に関わってくださった皆様へ、心から感謝を込めて。

くるみより

★この作品はフィクションです。実在の人物・団体・事件などにはいっさい関係ありません。

ピンキー文庫公式ケータイサイト
PINKY★MOBILE
pinkybunko.shueisha.co.jp

★ ファンレターのあて先 ★

〒101-8050　東京都千代田区一ツ橋2-5-10
集英社 ピンキー文庫編集部 気付
くるみ先生

E★エブリスタで、本書の書籍化を応援してくれたサポーターのみなさん

ホワイト	チョッパー	千亜妃
しい	まー	ミーコ
けい	しょうまま	ごま
ソーマ	みゆ	東邦さくら
ゆう	みかん	oobaba
みぃ〜	杏奈(-_-)	
riku	クワンジャイ	

著者・くるみ
(E★エブリスタ)

私の彼氏はS先輩!!

2013年1月30日　第1刷発行

著　者　　くるみ
発行者　　鈴木晴彦
発行所　　株式会社集英社
　　　　　〒101-8050　東京都千代田区一ツ橋2-5-10
　　　　　電話 03-3230-6255（編集部）
　　　　　　　 03-3230-6393（販売部）
　　　　　　　 03-3230-6080（読者係）
印刷所　　図書印刷株式会社

★定価はカバーに表示してあります

造本には十分注意しておりますが、乱丁・落丁（本のページ順序の間違いや抜け落ち）の場合はお取り替え致します。購入された書店名を明記して小社読者係宛にお送り下さい。送料は小社負担でお取り替え致します。但し、古書店で購入したものについてはお取り替え出来ません。なお、本書の一部あるいは全部を無断で複写複製することは、法律で認められた場合を除き、著作権の侵害となります。また、業者など、読者本人以外による本書のデジタル化は、いかなる場合でも一切認められませんのでご注意下さい。

©KURUMI 2013　Printed in Japan
ISBN 978-4-08-660067-5 C0193

夏のインターハイが始まった!!
美穂の耳もとで囁かれたあのセ・リ・フ
「優勝したら、君の…貰うよ」
果たして、その結果は…優勝それとも…。

君に伝えて… Love & Kiss

ひな

夏の沖縄。波の音は心地よく、風に揺れるシュロの葉の音も涼しげ。繋いだ手だけは熱くて…。試合を重ねていくうちに、鳴海凌と美穂の距離は、一段と…。「インハイ終わったら、デートしない??」まだ、試合は残っているのに!! なんとも、いつものごとくKYな鳴海凌。でも、凌の心の中は「君が望むなら…」。

好評発売中 ピンキー文庫

天涯孤独になった柚琉を
攫いにきたのは謎の男、恭介。
突然始まった「箱入り」生活は、
秘密とときめきでいっぱい!?

箱入り恋愛

愛菜

事故で家族を失った柚琉は、とある理由で叔母のもとを追い出されてしまう。そんな柚琉を謎の美しい男が攫いに…。「30秒で決めろ。俺と一緒に来るかどうか」危険な問いかけに、柚琉は「連れていって…」と答えてしまって。愛以外は何もない、まっしろな「箱」で送る恭介との生活は、不思議に穏やかで優しくて…!

好評発売中　ピンキー文庫

恋を知らない私の初めての
「好き」は、映像の中の彼。
君に会ってみたいよ。
恋ってこんなに切ないものだったの…？

通学記
～君は僕の傍にいる～

みゆ

友達が次々と彼氏をつくるなか、ミユキは告白はされてもその気になれずにいた。そんな時、部室にあった古いパソコンのなかの動画に写っていた男の子ツナにミユキは夢中になる。
ミユキが見つけた本当の恋、それは…!?
90万部突破！　大人気「通学」シリーズ第7弾！

好評発売中　♥ピンキー文庫

俺に抱かれろよ。そんな想い、
すぐに忘れさせてやるから――
たった一夜で運命が交差する
24時間の恋愛ストーリー！

純情★ファーストナイト

あおい薫夜

親友の千晶の結婚披露宴に出席した19歳の優羽。新郎は、優羽も好きだ774市郷先生。
複雑な気持ちのまま、スピーチの順番が近づいてくる。「おいで、楽にしてやるよ」突然なぞのイケメンが、優羽を連れ去ろうとするが…!?
エブリスタで100万人が感動のピュアラブ！

好評発売中　ピンキー文庫

性悪美少年たちのお世話係!?
絶対関わりたくなかったのに…。
いたいけな少女の波乱万丈な高校生活!
逆ハー★ときめき★ラブコメ!

危険男子、上等!

蒼葉

すごく意地悪でむちゃくちゃイケメンの5人の先輩方を、私が一人でお世話するんですかっ…!? いきなりキスとか…お世話とか…ムリムリ!
姫乃さくら15歳の前途多難な高校生活が始まる…。5人の危険男子＋平凡（!?）な少女が繰り広げる、ドタバタラブコメディ!

好評発売中 ピンキー文庫

ピンキー文庫 大人気『イケメン5(ファイブ)』シリーズ!

GOGO♂イケメン5
vol.1
桜息吹

スポーツ万能・成績優秀・容姿端麗(たんれい)の三拍子揃った完璧美男子5人組=イケメン5(ファイブ)。
なんと、彼ら全員が天然ほんわか美少女・神奈と出会って本当の恋に目覚めていく。このラブストーリー恋物語の行方はいかに!?

GOGO♂イケメン5
vol.2
桜息吹

イケメン5(ファイブ)と神奈の前に新たなイケメンが現れた。地味だった野坂狛兎がイメチェンして神奈に猛アピール! イケメン5のメンバーは危険を感じるが…!? エブリスタ書籍化応援企画第2弾!

GOGO♂イケメン5
vol.3
桜息吹

ストーカー事件をイケメン5(ファイブ)が解決して迎えた新学期。雨音ユウと名乗る新たなイケメン転校生が登場、「お久しぶりです」と神奈に話しかけるが…!? イケメン5と神奈の恋、いよいよクライマックスへ!

E★エブリスタ
estar.jp

No.1 電子書籍アプリ※
「E★エブリスタ」(呼称：エブリスタ)は、小説・コミックが読み放題の
日本最大級の小説・コミック投稿コミュニティです。

※2012年12月現在Google Play「書籍＆文献」
無料アプリランキングで第1位

E★エブリスタ 3つのポイント

1. 小説・コミックなど200万以上の投稿作品が無料で読み放題！
2. 書籍化作品も続々登場中！話題の作品をどこよりも早く読める！
3. あなたも気軽に投稿できる！

E★エブリスタは携帯電話・スマートフォン・PCからご利用頂けます。
有料コンテンツはドコモの携帯電話・スマートフォンからご覧ください。

『私の彼氏はS先輩!!』
原作もE★エブリスタで読めます！

◆小説・コミック投稿コミュニティ「E★エブリスタ」
(携帯電話・スマートフォン・PCから)

http://estar.jp
携帯・スマートフォンから簡単アクセス！

スマートフォン向け「E★エブリスタ」アプリ

ドコモ dメニュー⇒サービス一覧⇒E★エブリスタ
Google Play⇒書籍＆文献⇒書籍・コミックE★エブリスタ
iPhone App Store⇒検索「エブリスタ」⇒書籍・コミックE★エブリスタ

※E★エブリスタは株式会社エブリスタが運営する小説・コミック投稿コミュニティです。